KB221041

독일인의 사랑

독일인의 사랑

초판 1쇄 인쇄 2021년 5월 14일
초판 1쇄 발행 2021년 5월 20일

지은이 프리드리히 막스 뮐러
옮긴이 김영진
펴낸이 남기성

펴낸곳 주식회사 자화상
인쇄,제작 데이타링크
출판사등록 신고번호 제 2016-000312호
주소 서울특별시 마포구 월드컵북로 400 서울산업진흥원 201호
대표전화 (070) 7555-9653
이메일 sung0278@naver.com

ISBN 979-11-91200-31-7 03850

독일인의 사랑

프리드리히 막스 뮐러 지음 | 김영진 옮김

자화상

머리말

지금은 묘지에 잠들어 있는 사람이 바로 얼마 전까지 쓰던 책상에 앉아본 경험을 누구나 한 번쯤은 하지 않을까?

지금은 묘지의 평안 속에서 안식을 찾아 누워 있는 사람의 성스러운 비밀이, 오랜 세월 감추어져 있던 서랍을 열어본 적이 있지 않을까?

그 서랍 안에는 소중한 사람이 중히 여겼던 편지들이 보관되어 있다. 사진, 리본, 페이지마다 표시가 된 수많은 책도 있다. 이제 누가 그것들을 읽고 설명해줄 수 있을까? 누가 이 빛바래고 낱낱이 흩어진 장미 꽃잎들을 다시 모아, 신선한 향기를 가져다줄 수 있을까?

옛 그리스인들이 고인의 시신을 화장하려고 지폈던 불길, 고대인들이 가장 귀한 것을 태웠던 그 불은 여전히 이 유품이 가서 쉴 수 있는 가장 안전한 피난처다. 뒤에 남은 친구는, 지금은 영원히 눈을 감은 책상 주인 외에는 아무도 들여다본 적이 없는 종이쪽들을 꺼림칙한 마음으로 읽는다. 그래서 대충 서둘러 훑어보고 별로 중요한 내용이 아니다 싶으면, 곧바로 불 위에 던져버린다. 그러면 그 종이쪽들은 다시 한번 활활 타올랐다가 영영 소멸되고 만다.

다음에 실린 글들은 불길 속에 던져지지 않고 살아남은 것들이다. 처음에는 고인의 친구들 사이에서만 읽혔지만, 그를 모르는 타인들 사이에서도 애독자가 생겨서 차라리 세상에 널리 소개하기로 마음먹었다. 이 책을 엮은이로서는 가능한 한 많은 글을 싣고 싶었지만 원고 종이쪽들이 워낙 심하게 뒤섞이고 파손되어 정리해서 편집하기가 쉽지 않았다.

1866년 1월 옥스퍼드에서

프리드리히 막스 뮐러

| 차례 |

첫 번째 회상

어린 시절에는 그 나름의 비밀과 놀라움이 깃들어 있다. 하지만 어느 누가 그것을 이야기하고 설명할 수 있을까?

누구나 어린 시절이라는 이 고요하고 신비한 숲을 지나왔다. 우리는 모두 한때 모든 감각이 마비된 행복감에 젖어 눈을 떠본 적이 있으며, 인생의 아름다움이 밀물처럼 밀려와 영혼을 적신 적도 있다. 그때 우리는 자신이 어디에 있는지, 자신이 과연 누구인지를 몰랐다. 그때는 온 세계가 자신의 것이었으며, 나 자신이 온 세계에 속해 있었다.

그것은 시작도 끝도 없고, 정체와 고통도 없는, 영원한 삶이었다. 우리의 마음은 봄날 하늘처럼 맑았고, 오랑캐꽃 향기처럼 신선했으며, 일요일 아침처럼 고요하고 성스러웠다.

그런데 무엇이 이처럼 신성한 어린아이의 평온을 방해하는 것일까? 어찌하여 이 같은 무의식과 지순(至純)의 현존이 종식을 고할 수밖에 없단 말인가? 무엇이 우리를 이처럼 완전한 행복감에서 몰아내어, 느닷없이 어두운 생의 한가운데 외롭게 홀로 서게 하는가?

근엄한 표정으로 죄를 짓기 때문이라고 말하지는 말자. 어린아이가 어찌 죄악을 저지를 수 있단 말인가? 그렇게 대답하느니 차라리 우리는 그것을 모른다고 하고, 조용히 있는 편이 좋으리라.

봉오리가 꽃으로 피고, 꽃이 열매로 맺고, 열매가 썩어 흙이 되는 것이 죄란 말인가? 애벌레가 고치로 변하고, 고치가 나비로 변하고, 나비가 죽어 흙이 되는 것이 죄란 말인가? 어린아이가 어른이 되고, 어른이 노인이 되고, 백발노인이 흙으로 돌아가는 것이 죄란 말인가? 그렇다면 흙이란 무엇인가? 차라리 우리는 그것을 모른다고 하고 조용히 있는 편이 좋으리라.

하지만 인생의 봄날을 돌아보고, 그때를 생각하며 추억하는 일은 참으로 아름답다. 인생의 무더운 여름날에도, 우울한 가을날에도, 또 추운 겨울날에도 이따금 봄날이 찾아오고, 그러면 우리의 마음은 "내게도 봄날이 찾아왔군!" 하고 감탄한다.

오늘이 바로 그런 날이다.

나는 향기로운 숲속 푹신한 이끼 위에 무거운 팔다리를 한껏 뻗고 누워, 초록빛 잎사귀들 사이로 끝없이 펼쳐진 푸른 하늘을 올려다본다. 그리고 생각한다.

'어린 시절에는 과연 어떠했지?'

모든 것이 잊힌 듯싶다.

기억의 처음 몇 페이지는 집에 있는 낡은 성경책과 같다. 처음 몇 장은 완전히 빛이 바랬고, 좀 찢겨 나간 데도 있으며, 깨끗하지도 않다. 여러 장을 넘겨 아담과 이브가 낙원에서 쫓겨나는 대목에 이르러서야 비로소 읽을 만한 페이지가 나온다. 발행 장소와 연도가 적힌 속지라도 붙어 있으면 좋으련만! 기억의 책 속에서 영영 사라져버렸고, 그 대신 말쑥한 사본 한 장을 발견한다. 그것은 바로 세례 증서다. 여기에는 자신이 태어난 날짜, 부모와 대부모의 이름이 적혀 있다. 나 자신이 '발행 장소와 연도가 없는' 해적판이 아님을 말해준다.

그렇지만 이런 식의 시작, 애초에 시작이라는 것이 없었더라면 좋았을 텐데……. 왜냐하면 그 시작에 접하려 들면 당장 모든 생각과 기억이 멈춰버리고 말기 때문이다.

우리가 어린 시절로, 또 거기서 거슬러 다시 끝없는 시작을 향해 되돌아가는 꿈을 꾸다 보면, 그 심술궂은 놈은 자꾸 도망쳐버려 우리의 생각이 아무리 뒤쫓아 달려도 결코 잡지 못하고 만다. 그것은 마치 어린아이가 푸른 하늘과 땅이 맞닿은 지평선을 향해 끊임없이 달리는 것과 다를 바 없는 일이다. 아이가 아무리 달려도, 하늘은 줄곧 아이를 앞장서 달아나버린다. 그래서 여전히 땅 위에 머물러 있는 하늘을 앞에 두고 아이는 지칠 뿐 끝내 지평선에는 이르지 못한다.

설사 한 번쯤 그곳, 즉 존재의 시작에 도달했다 해도 대체 거기서 무엇을 알 수 있을까? 그 기억은 엄청난 파도에서 겨우 빠져나와 바닷물이 들어가서 눈을 뜨지 못하는 강아지처럼 온몸을 떨 뿐이다.

그렇긴 해도 기억을 더듬어 나의 시작을 떠올리면 나는 맨 처음 별들을 보았을 때의 일이 생각난다. 아마 별들은 그 이전에도 이미 나를 여러 번 내려다보았을 것이다.

어느 날 밤인가, 나는 어머니의 품에 안겼는데도 날이 서늘하다 느꼈다. 몸이 부르르 떨렸고 한기가 들었다. 아니면 두려웠던 것일까. 아무튼 잠시간, 조그마한 내 자아는 보통 때와는 달리 나 자신에게 더욱 주의를 기울이게 되는 무엇인가가 내 마음속에서 일어났다. 그때 어머니가 빛나는 별들을 가리켰다. 나는 신비스럽게 여기면서도, 어머니가 저렇게 아름다운 별들을 만들어놓으신 것이라고 생각했다. 그러자 다시금 따뜻해졌고 나는 이내 잠이 들었다.

다음으로 언젠가 내가 풀밭에 누워 있을 때의 기억이 났다. 내 주변의 모든 것이 흔들리며 고갯짓을 했고 벌들이 붕붕 소리를 내며 날아다녔고, 바람 소리도 들렸다. 그때 작은 몸체에 가느다란 다리 여러 개와 날개가 달린 벌레들이 몰려와 나의 이마와 눈 위에 앉으며 꾸벅 인사를 했다. 하지만 곧 눈이 몹시 아파서 나는 소리쳐 어머니를 불렀다.

"아이, 가엾어라. 모기가 눈을 물었구나!"라고 어머니가 말씀하셨다.

나는 눈을 뜰 수가 없었고 푸른 하늘도 더는 볼 수가 없었다. 그런데 마침 어머니가 들고 계시던 보라색 오랑캐꽃 다발로부터 신선한 향내가 머릿속으로 스며들었다. 나는 지금까지도 처음 핀 오랑캐꽃을 볼 때면 그때가 생각나 꼭 눈을 감아야 할 것 같은 기분에 사로잡힌다. 그래야만 그 옛날 짙푸른 하늘이 다시금 내 영혼 위로 솟아오를 것 같아서다.

그다음으로 기억나는 것은 하나의 새로운 세계가 내게 열려왔던 일이다. 그 세계는 별들의 세계나 오랑캐꽃 향기보다도 더 아름다운 것이다. 어느 부활절 아침, 어머니는 아침 일찍 나를 깨우셨다. 창밖으로는 오래된 교회가 보였다. 그 교회는 아름답지는 않았지만, 높은 지붕과 뾰족탑이 있었고 탑 꼭대기에는 금빛 십자가가 달려 있었다. 하지만 다른 건물들보다는 훨씬 낡고 우중충해 보였다.

언젠가 나는 교회 안에 누가 사는지 알고 싶어서 쇠창살로 된 문틈으로 들여다본 적이 있었다. 그 안은 텅 비어 있었고 춥고 썰렁해 보였으며 아쉽게도 한 사람의 그림자도 보이지 않았다. 그때부터 나는 교회 앞을 지나칠 때마다 오싹함을 느끼고는 했다.

부활제 날 새벽에는 비가 내렸지만, 아침이 되자 태양이 찬란하게 떠올랐다. 낡은 교회도 회색 슬레이트 지붕, 높은 창문, 금빛 십자가가 달린 탑이 모두 찬란히 반짝였다. 그리고 갑자기 햇빛이 물밀듯 쏟아져 들어와 높은 창문들에 반사되어 사방으로 쏟아졌다.

그 빛은 눈을 똑바로 뜨고 볼 수 없을 정도로 밝아서 나는 눈을 감았다. 그러자 햇빛은 곧장 나의 영혼 속으로 파고들어, 나의 내면에서 만물이 빛과 향기를 발하며 노래하고 진동하게 했다. 그때 나는 내 안에서 하나의 새로운 생명이 시작된 것마냥, 실로 내가 딴사람이 된 기분이었다.

나는 어머니에게 그것이 무엇이냐고 물었다. 어머니는 교회에서 부르는 부활절 찬송가라고 말씀하셨다. 그 당시 내 영혼을 파고들었던 그 맑고 성스러운 노래가 과연 무슨 노래였는지를 지금껏 나는 알아내지 못했다. 어쩌면 그 노래는 루터의 경직된 영혼까지도 스며들었을 옛 찬송가였으리라. 그날 이후 나는 그 노래를 다시는 듣지 못했다.

하지만 지금까지도 베토벤의 '아다지오'나, 마르첼로(1686~1739: 이탈리아 베니스 출신으로 당대 최고의 교회성가 작곡가)의 송가, 아니면 헨델의 합창곡을 들을 때면, 혹은 스코틀랜드 고원에서든 티롤 지방에서든 그저 소박한 민요를 접할 때면, 마치 그때처럼 교회의 높은 창문이 다시 빛을 발하고 오르간 소리가 내 영혼 속으로 스며들어 새로운 세계가 열리는 것 같은 기분이 든다.

별들의 세계, 오랑캐꽃 향기, 성스러운 노래는 내가 아직도 기억하는 어린 시절의 기억이다. 이런 회상 속에 간간이 사랑하는 어머니의 얼굴과 인자하면서도 엄격한 아버지의 모습이 어른거린다. 그리고 또 정원과 포도나무 잎새, 폭신한 푸른 잔디와 낡고 소중한 그림책들이 떠오른다.

그러나 그다음 페이지부터는 훨씬 선명하고 맑아진다. 숱한 이름과 모습이 떠오른다. 어머니, 아버지뿐 아니라 형제와 누이, 친구와 선생님 그리고 수많은 사람. 아,

그렇다. 그 수많은 사람에 대한 여러 회상이 내 머릿속의 책에 적혀 있다.

두 번째 회상

우리 집에서 그다지 멀지 않은 곳, 그러니까 그 금빛 십자가가 달린 낡은 교회 맞은편에 커다란 성이 한 채 있었다. 교회보다 더 높고 많은 탑이 솟은 건물이었는데, 그 탑들 역시 우중충한 회색에 낡은 모양새였다. 그 탑 꼭대기에는 금빛 십자가 대신 돌로 된 독수리 형상의 조각들이 있었고, 높다란 대문 위로 솟은 제일 높은 탑에는 희고 푸른색 무늬의 커다란 깃발이 펄럭이고 있었다.

현관 계단을 통해 올라갈 수 있었는데, 문 양옆으로 기마병 둘이 보초를 서고 있었다. 성에는 창문이 아주 많이 달려 있었고, 창문 안쪽으론 금빛 술이 달린 비단 커튼이 보였다. 정원에는 오래된 보리수나무가 빙 둘러서 있어서 여름이면 그 푸른 잎새가 회색 성벽에 그림자를 드리우고, 향기로운 흰 꽃잎이 잔디에 사뿐히 내려앉았다.

나는 그 성 내부를 자주 들여다보곤 했다. 보리수 향기가 은은하게 번지고 등불이 켜지는 저녁이면, 많은 사람의 그림자가 창에 어른거렸다. 음악 소리가 위층으로부터 울려 나왔고 마차들이 정차해 많은 남녀를 내려주었고 그들은 서둘러 층계를 올라가곤 했다. 모두 훌륭하고 아름다워 보였다. 신사들은 가슴에 별 모양의 훈장을 달았고, 숙녀들은 머리에 싱그러운 꽃을 꽂았다. 그런 모습을 볼 때마다 나는 '너는 왜 저 안에 들어가지 못하니?' 하고 속으로 묻곤 했다.

어느 날, 아버지가 나의 손을 붙잡고 말씀하셨다.

"우리도 저 성에 들어갈 거야. 후작 부인과 얘기할 때는 예의 바르게 행동해야 한다. 또 그분의 손에 키스를 해드려야 하는 거야. 알았지?"

나는 그때 여섯 살쯤 되었을 것이다. 여섯 살짜리가 느낄 수 있는 최고의 기쁨에 휩싸였다. 이미 나는 저녁이면 불 켜진 창문에 비치던 그림자의 주인들에 대해 수없이 상상했다. 또 후작과 그 부인의 훌륭한 인품에 대해서도 여러 차례 들어온 터였다.

그들이 얼마나 자비심이 많은지, 가난하고 병든 자들에게 도움과 위안을 주는지, 악인들을 벌하기 위해 하느님이 손수 택하신 인물이 아닌지 등의 이야기였다. 그렇게 오래전부터 성에서 일어날 법한 모든 일을 머릿속에 그려왔으므로, 후작과 후작 부인은, 내가 가진 호두까기 인형이나 납으로 만든 장난감 병정처럼 이미 내게는 너무나 친근한 존재였다.

아버지와 함께 높은 층계를 올라가는데 가슴이 두근거렸다. 아버지가 내게 "후작 부인께는 '비전하(妃殿下)'라고 부르고, 후작께는 '전하'라고 불러야 한다."라고 이르고 있을 때, 문이 활짝 열리더니 빛나는 눈을 가진 늘씬한 여인이 내 앞에 자태를 드러냈다.

그 부인은 내게 다가와 손을 내밀려는 듯 보였다. 그녀의 표정은 오래전부터 나를 친숙히 여기는 듯했고 신비스러운 웃음이 뺨 위로 흘렀다. 영문을 몰랐지만, 아버지는 그냥 문가에 서서 머리를 조아리고 계셨고 나는 심장이 터질 것만 같았다. 나는 목구멍까지 차오른 간절한 마음을 못 이기고는 곧장 그 아름다운 부인에게로 달려가 목에 매달려 어머니에게 하듯이 키스를 했다. 아름답고 키 큰 부인은 기분이 좋은 듯, 내 머리를 쓰다듬으며 웃음을 지었다.

그런데 아버지가 다가와 내 손목을 잡아끌었다. 내가 아주 버릇없이 굴었다며, 다시는 이곳에 데려오지 않겠다고 다그치셨다. 나는 내가 뭘 잘못했는지 몰라 머릿속이 혼란스러웠고 뺨이 상기됐다. 아무래도 아버지의 처사가 부당하다 여겨졌다. 그래서 후작부인이 나를 두둔해주리라는 기대감으로 그녀를 쳐다보았다. 하지만 그녀는 부드러우면서도 엄한 표정만 짓고 있었다.

나는 방 안의 다른 신사 숙녀들 쪽을 바라보며 그들은 그래도 내 편을 들어주리라고 생각했다. 그러나 그들 모두 웃음만 지을 뿐이었다. 내 눈에서는 눈물이 마구 쏟아져 나왔다. 그 자리에서 도망쳐 문밖으로 뛰쳐나와 층계를 내려왔고, 정원의 보리수나무를 지나 집으로 돌아와 어머니 품에 쓰러지듯이 안기며 훌쩍훌쩍 흐느꼈다.

"무슨 일이 있었니?"

어머니가 물으셨다.

"아, 어머니!"

나는 외쳤다.

"후작 부인을 만났는데, 꼭 어머니처럼 상냥하고 아름다운 분이었어요. 그래서 나도 모르게 부인의 목을 껴안고 입을 맞추고 말았어요."

"저런, 그건 예의 바른 행동이 아니란다. 그분들은 낯선 타인이고 지체 높은 분들이니까 말이야."

"대체 낯선 타인이라는 게 뭐예요? 그럼, 다정한 눈길로 나를 바라보는 사람들을 좋아하면 안 된다는 건가요?"

"그들을 좋아할 수는 있단다. 그렇지만 그걸 겉으로 드러내면 안 되는 거야."

"그럼, 사람들을 좋아하는 것이 옳지 않은 일인가요? 왜 내가 좋아하는 마음을 보이면 안 되는 거예요?"

"그래, 네 말도 옳다. 그렇지만 너는 아버지가 말씀하시는 대로 따랐어야지. 좀 더 나이가 들면 너도 알게 될 거야. 왜 다정한 눈길을 가진 모든 아름다운 여인을 안고 입을 맞추면 안 되는지."

그날은 무척이나 우울한 날이었다. 아버지는 집으로 돌아오셔서도 버릇없이 굴었다고 나를 야단치셨다. 밤이 되어 어머니가 나를 침대로 데려가셨고, 기도까지 해주셨지만 계속 한 가지 생각이 맴돌아 좀처럼 잠을 이룰 수 없었다. 내가 좋아해서는 안 된다는 낯선 타인이란 무엇일까?

그대, 가엾은 인간의 마음이여!

그렇게 해서 너는 이미 봄철에 꽃잎들이 꺾이고, 날개에서 깃이 뽑혔구나! 인생의 새벽빛이 영혼 안에 감추어진 꽃받침을 열어줄 때면 마음 깊은 곳에서는 온통 사랑의 향기가 풍기게 마련이다.

우리는 서서 걷는 것, 말하고 읽는 것을 배우지만 사랑은 배울 필요가 없다. 사랑은 생명처럼 태어날 때부터 우리 안에 있다. 그래서 사랑은 현존하는 우리의 가장 심오한 바탕이라고들 말한다.

우주의 천체들이 서로를 끌어당기고 서로에게 끌리며 영원한 중력의 법칙에 따라 결합하는 것처럼, 타고난 영혼들 역시 서로에게 끌리고 서로를 끌어당기며 영원한 사랑의 법칙에 따라 결합하고 있다.

태양 빛이 없으면 한 송이 꽃도 피지 못하듯, 사랑이 없으면 인간은 살아갈 수가 없다. 낯선 세계의 차가운 비바람이 어린아이의 마음에 불어닥쳤을 때, 만약 어머니와 아버지의 눈에서 마치 신의 사랑의 반영처럼 내비치는 그 따스한 사랑의 빛이 없다면, 어찌 어린아이의 가슴이 그 두려움을 감당할 수 있을까? 어린아이의 내부에서 눈뜨는 동경처럼 이것이야말로 가장 순수하고 심오한 사랑이다.

그것은 온 세상을 품는 사랑이다. 그 사랑은 인간의 열린 눈빛이 반사될 때 타오르며, 인간의 목소리가 들리는 곳에서 환호한다. 그것은 태곳적부터 있어온 도저히 헤아릴 수 없는 사랑이요, 어떤 추를 사용해도 측량해낼 수 없는 깊은 샘물이요, 아무리 퍼내도 마르지 않는 분수다.

사랑을 아는 사람이라면, 사랑에는 크다거나 작다거나 하는 척도나 비교가 있을 수 없음을 알고, 오로지 온 마음, 온 영혼, 온 힘과 온 정성을 다해야만 사랑할 수 있다는 것을 안다.

아, 그러나 우리가 생의 여정을 미처 절반도 살기 전에, 남아 있는 사랑의 부분이 어쩌면 이토록 보잘것없어지고 마는지!

어린아이는 타인이 존재함을 배우면서부터 이미 어린 시절과 고별한다. 사랑의 샘물에는 뚜껑이 덮이고, 세월이 흐름에 따라 완전히 메말라 버린다. 우리의 눈은 어느덧 정기를 잃고, 우리 자신은 심각하고 지친 표정으로 시끌벅적한 거리를 스쳐 지나간다.

우리는 거의 인사조차 하지 않는다. 왜냐하면 인사에 응답이 없는 경우 얼마나 아픈 상처를 입는가를, 인사를 나누고 악수를 했던 이들과 헤어진다는 것이 얼마나 가슴을 에는 듯이 슬픈 일인가를 알기 때문이다.

영혼의 날개는 깃을 뽑히고 꽃잎들은 거의 찢기고 시들어버린다. 고갈될 수 없는 사랑의 샘에는 단지 몇 방울 물밖에 남아 있지 않다. 이 단 몇 방울의 물에 매달려 우리는 혀를 축이고 갈증으로 타 죽는 것을 겨우 면하는 것이다. 이 몇 방울의 물을 가지고도 우리는 사랑이라 부른다.

하지만 그것은 이미 순수하고 완전하게 밝은 어린아이의 사랑은 아니다. 그것은 두려움과 궁핍이 섞인 사랑이다. 작열하는 격정, 타오르는 정열, 그것은 달아오른 모래 위에 떨어지는 빗방울처럼 스스로를 소멸하는 사랑이다.

나의 것이 되어달라고 요구하는 사랑이요, 너의 것이 되고 싶다고 말하는 사랑이 아니다. 그것은 자기 본위의 의혹이 뒤섞인 사랑일 뿐이다.

몇몇 시인이 노래하며 젊은 남녀들이 믿고 있는 사랑이라는 것도 모두 이런 것들이다. 그것은 타오르다 주저앉는 한 가닥 불꽃도 온기도 주지 않고 다만 연기와 잿더미만 남긴다. 이렇게 모두 한때는 불꽃놀이를 영원한 사랑의 햇빛이라고 믿는다. 그러나 그 불꽃이 환하면 환할수록 뒤따르는 어둠의 농도는 더욱 짙은 법이다.

그리하여 사방 만물이 어두워지고, 우리가 진정 외로움을 느끼게 될 때, 좌우 모든 사람이 우리를 스쳐 지나가며 알아보지 못할 때, 잊었던 감정의 한 줄기가 어쩌다가 가슴속에서 솟구치곤 한다. 우리는 그것이 무엇인지를 모른다. 그것은 사랑도, 우정도 아니기 때문이다.

"나를 모르시겠습니까?"

낯설고 냉담하게 스쳐 지나가는 모든 이들을 향해 소리치고 싶어진다. 그럴 때 우리는 인간과 인간의 사이가 형제지간, 부자지간, 친구 사이보다 더 가까워져 있음을 느낀다. 그리고 마치 성서의 낡은 잠언 구절처럼 '낯선 타인'이 가장 가까운 이웃이라는 말이 우리의 가슴을 울린다. 그런데도 왜 우리는 말없이 그들을 스쳐 지나가야 하는가. 아마도 우리는 그것을 알지 못하며, 겸허히 그것에 순종해야 할는지 모른다.

그러나 한 번쯤 시도해보라. 기차 두 대가 서로 엇갈리며 철로 위를 질주하는데, 너를 향해 인사를 하려는 듯한 낯익은 눈을 발견했을 때, 손을 내밀어 그대를 스쳐 지나는 친구의 손을 잡아보라. 그러면 아마도 그대는 알게 되리라. 왜 이 세상의 인간은 말없이 타인을 스쳐 지나는지를.

어느 늙은 현자는 이런 말을 했다.

"나는 난파당한 작은 배의 파편들이 바다 위를 떠다니는 것을 본 적이 있다. 그 파편 중에는 서로 부딪쳐 잠시 엉겨 붙어 있는 것들마저 극히 드물다. 곧 폭풍이 몰아쳐 그것들을 각기 반대 방향으로 몰아갔다. 그리하여 두 파편은 이 지상에서는 다시는 못 만날 것이다. 인간의 경우 역시 이와 같은 것이다. 하지만 거대한 난파를 본 사람이 없을 뿐이다."

세 번째 회상

어린 시절에는 하늘에 떠 있는 먹구름이 오래가지 않는다. 따뜻한 눈물 같은 비를 잠깐 흘리고 나면 곧 개는 법이다. 나는 얼마 지나지 않아 다시 그 성에 갔고, 후작 부인은 내게 손을 내밀어 키스를 허락했다. 그러고 나서 자신의 아이들을 데려와 나와 같이 놀게 했다.

어린 공자와 공녀 그리고 나는 오래 사귄 친구들처럼 친하게 지냈다. 학교에서 돌아와—그때 나는 벌써 학교에 다니고 있었다—그 성에 놀러 갔던 그때는 참으로 행복했던 시절이었다.

그곳에는 마음속으로 바랐던 모든 것이 다 있었다. 어머니가 가게 진열장을 가리키면서, 가난한 사람들이 한 주일 내내 먹고살 돈을 내야 살 수 있다고 설명해주셨던 값비싼 장난감들이 그 성에는 다 있었다. 후작 부인에게 청하면 그것들을 집으로 가져와 어머니께 보여줄 수도 있었고, 때로는 내가 아주 가질 수도 있었다. 책방에서 아버지와 함께 본 예쁜 그림책들도, 아주 착한 아이들만 가질 수 있다고 했던 그림책들도 그 성에서는 마음대로 꺼내 몇 시간이고 읽을 수 있었다.

어린 공자와 공녀가 가지고 노는 물건들은 무엇이든 내 것이기도 했다. 최소한 나는 그렇게 믿었다. 왜냐하면 나는 내가 원하는 것을 가져갈 수 있을 뿐만 아니라, 때때로 장난감들을 다른 아이들에게 줄 수도 있었기 때문이다. 한마디로 말해, 나는 문자 의미 그대로 한 사람의 어린 공산주의자였다.

한 번은 이런 일이 있었다. 후작 부인이 팔에 휘감으면 꼭 살아 있는 것처럼 보이는 금빛 나는 뱀 팔찌를 우리에게 갖고 놀라며 주셨다. 집에 돌아올 때 나는 그것을 팔에다 감고 있었다. 어머니를 깜짝 놀라게 해드릴 속셈이었다. 그런데 길가에서 한 하녀를 만났다. 그녀는 내가 가진 금빛 나는 뱀 팔찌를 보고는 구경 좀 하자고 청하더니, "내게 그 뱀 팔찌가 있었다면 남편을 감옥에서 풀어줄 수 있었을 텐데……."라고 말했다. 당연히 나는 조금의 고민도 없이 황금 뱀 팔찌를 그 여인한테 던져주고 집으로 뛰어왔다.

그 이튿날 한바탕 소동이 벌어졌다. 그 불쌍한 여자가 성으로 끌려와 울고 있었고, 사람들은 그 여자가 나한테서 팔찌를 훔쳤을 거라고 떠들었다. 그 소리를 듣자 나는 너무도 화가 나서 그 팔찌는 내가 그 여인에게 선사한 것이며, 나는 그것을 되돌려받고 싶지 않다고 진지하게 열을 내어 설명했다. 이 사건이 어떻게 마무리되었는지는 모르겠다. 다만 그 일이 있고 난 뒤부터는 내가 집으로 물건을 가져갈 때는 일일이 후작 부인에게 보이고 허락을 받기로 약속했던 기억이 난다.

하지만 내게 '내 것'과 '남의 것'이라는 개념이 완전히 인식되기까지는 그 후로도 한참이 걸렸다. 나는 빨간색과 파란색을 구별하는 데도 꽤 오랜 시간이 걸렸는데, 내 것과 남의 것을 구별하는 데도 한동안 혼동을 일으켰다. 그런 일로 친구들의 웃음거리가 되었던 사건을 지금도 기억한다.

한 번은 어머니가 내게 사과를 사 오라며 돈을 주셨다. 어머니는 1그로센짜리 은화를 주셨는데 사과값은 6페니히밖에 되지 않았다. 가게 주인 여자한테 1그로센짜리 은화를 내주었더니, 그녀는 아주 우울한 표정으로 오늘은 온종일 아무것도 못 팔아 거스름돈이 한 푼도 없다고 말했다. 그러고는 1그로센어치를 모두 사가기를 원했다.

그때 6페니히짜리 동전이 내 주머니에 있다는 생각이 언뜻 떠올랐다. 그것이면 지금의 곤란한 문제가 풀릴 거라는 생각에 기뻐하면서 그것을 부인에게 내주며 말했다.

"이제 이걸로 나한테 6페니히를 거슬러줄 수 있죠?"

하지만 내 뜻을 영 알아채지 못한 그녀는 1그로센짜리 은화를 나에게 되돌려주고 6페니히짜리 동전을 받아 넣었다.

내가 거의 매일 어린 공자들과 놀기 위해, 같이 프랑스어를 배우기 위해 성으로 올라갔던 그 시절, 나의 기억 속에 새겨진 또 하나의 기억이 떠오른다. 후작의 딸로 백작 지위를 가진 마리아라는 소녀의 기억이다. 그녀의 어머니가 출산 직후 세상을 떠난 후 후작은 재혼했다.

내가 그녀를 언제 처음 보았는지는 기억나지 않는다. 그녀는 숱한 기억의 어둠 속에서 서서히 모습을 드러낸다. 처음에는 투명한 그림자처럼 아련한 모습이던 것이 점점 윤곽이 잡히며 나를 향해 가까이 다가온다. 그러고는 폭풍우 치는 밤에 먹구름의 베일을 벗고 홀연히 얼굴을 드러내는 달처럼 내 영혼 앞에 우뚝 선다.

당시 그녀는 늘 병에 시달렸으며 말이 없었다. 내가 볼 때마다 늘 침대 위에 누워 있었다. 하인 두 명이 침대를 놀이방으로 옮겨왔다가 그녀가 피곤해하면 다시 옮겨갔다. 그녀는 온통 새하얀 차림으로 누워서 두 손은 반듯하게 깍지를 끼고 있었다. 얼굴은 말할 수 없이 창백했지만 온화하고 아름다웠으며 눈은 깊이를 헤아릴 수 없이 그윽했다.

나는 곧잘 그 앞에 서서 그녀의 모습을 바라보며 '이 여자도 낯선 타인에 속할까?' 하고 생각에 잠기곤 했다. 그럴 때면 그녀는 이따금 내 머리에 손을 얹곤 했다. 그러면 마치 무엇인가가 내 온몸을 통해 흐르는 것 같았고, 뭐라고 입을 뗄 수도 없었으며 꼼짝없이 사로잡힌 채 그녀의 신비하고 깊이를 헤아릴 수 없는 눈을 들여다보았다.

그녀는 별로 이야기를 나누지 않았지만, 우리가 노는 모습을 하나하나를 눈으로 좇았다. 우리가 시끄럽게 떠들며 이리저리 뛰어다녀도, 그녀는 불평 한마디 없이, 그저 두 손을 새하얀 이마에 얹고 자는 듯 눈을 감고 있었다. 어떤 날에는 한결 기분이 좋아졌다고 말하며 침대 위에 허리를 곧게 세우고 앉아 있는 때도 있었다. 그럴 때면 그녀의 얼굴에 새벽노을 같은 홍조가 떠올랐고, 우리와 어울려 대화하고, 재미있는 이야기를 들려주기도 했다.

그 당시 그녀가 몇 살이었는지는 모른다. 무기력한 모습이라서인지 어린애처럼 보이기도 했지만, 근엄하고 조용한 태도로 미루어볼 때 이미 어린애가 아닐 수도 있었다. 그녀에 관해 말할 때면 사람들은 무의식중에 목소리를 죽이곤 했다. 모두 그녀를 천사라고 불렀다. 그녀에 대해서는 착한 것이니 사랑스러운 것이니 하는 말 외에 다른 소리를 들은 적이 없다.

나는 그처럼 말없이 누워만 있는 그녀의 모습을 보며, '저 여인은 평생 걸을 수 없겠구나', '아무런 일도 할 수 없고 기쁨도 없겠구나', '언젠가 영원한 안식처로 갈 때까지 침대에 누운 채 사람들의 손을 빌려 이리저리 옮겨 다녀야 하겠구나'라고 생각했다. 그리고 '천사의 품에 포근히 안겨 있어도 좋을 그녀가 왜 굳이 이 세상에 보내졌을까?', '여러 성화에 그려져 있듯이 천사의 부드러운 날개를 타고 공중을 날 수 있을 텐데?' 하고 의아했다.

그럴 때면 그녀의 고통 일부를 떼어 받아야 할 것 같은 느낌에 사로잡혔다. 그녀가 홀로 고통을 겪지 않도록 우리가 그녀와 고통을 나누어야 할 것 같았다.

그렇지만 그런 감정을 그녀에게 표현할 수는 없었다. 하기야 나도 사실 그게 어떤 감정인지 잘 모르고 있었으니까. 나는 다만 무엇인가를 느끼고 있었을 뿐이었다. 그렇다고 대놓고 그녀의 목을 얼싸안아야겠다고 생각한 것은 아니었다. 아무도 그래서는 안 되었다. 그런 행동은 기운 없는 그녀를 더 힘들게 할 것이므로 누구도 그렇게 해서는 안 되었다. 하지만 그녀가 고통에서 벗어나기를 진심으로 기도할 수는 있을 것 같았다.

어느 따뜻한 봄날이었다. 그날도 그녀는 우리 방으로 옮겨져 왔다. 아주 창백한 모습이었지만 눈만은 여느 때보다 더 깊고 반짝였다.

그녀는 허리를 꼿꼿이 세우고 앉아 우리를 불러 말했다.

"오늘이 내 생일이야. 새벽에 견신례에 다녀왔단다. 이제 하느님께서 나를 곧 당신 곁으로 불러들일 수도 있을 거야."

그녀는 웃음을 머금고 자기 아버지에게 잠깐 미소를 지어 보이고 말을 이었다.

"물론 나는 너희들 곁에 오래오래 머물고 싶지만, 언젠가는 너희들과 헤어지게 되겠지. 그렇더라도 나를 완전히 잊어버리지 않기를 바라. 그래서 너희 모두에게 반지 하나씩을 선물로 가져왔어. 지금은 이것을 너희들 집게 손가락에 끼워두렴. 그리고 너희들이 자라면 그 반지를 차례로 옮겨 끼는 거야. 나중에는 새끼손가락밖에는 맞지 않게 되겠지만……. 평생 이 반지를 끼는 거야, 응?"

이 말을 하고 나서 그녀는 자신이 손가락에 끼고 있던 다섯 개의 반지를 하나씩 뽑았다. 그녀의 모습이 너무나 처연하면서도 다정해 보였기 때문에 나는 울지 않으려고 두 눈을 감아버렸다. 그녀는 첫 번째 반지를 맨 위 남동생에게 주고는 입을 맞추었다. 그러고 나서 두 번째와 세 번째 반지를 두 공녀에게, 또 네 번째 반지는 막내 공자에게 주고는 각각 입을 맞추었다. 나는 꼼짝 않고 옆에서서 그녀의 새하얀 손을 지켜보고 있었다.

그녀의 손가락에는 아직 반지가 하나 남아 있었다. 하지만 그녀는 이제 피곤한 듯 몸을 뒤로 기댔다. 그때 나의 눈과 그녀의 눈이 마주쳤다. 어린아이의 눈은 입보다 훨씬 솔직한 법인지, 그녀는 내 마음속 소리를 들었던 모양이다.

마지막 남은 반지라면 나는 받고 싶지 않았다. 다만 나는 한낱 타인이라는 것, 나는 그녀에게 속해 있지 않으며, 그녀가 자신의 형제나 자매보다는 나를 덜 사랑한다는 것을 느꼈다. 그러자 가슴속 한 줄기 혈관이 터지는 듯한, 신경이 한 올 잘려 나가는 듯한 고통이 덮쳐왔다. 이 괴로움을 감추기 위해 어디에 시선을 두어야 할지 갈피를 잡을 수 없었다.

그런데 그녀가 몸을 일으켜 앉더니 내 이마에 손을 얹고 내 눈을 가만히 들여다보았다. 그렇게 내 머릿속 생각을 속속들이 읽는 것만 같았다. 그러더니 천천히 손가락에서 마지막 반지를 뽑아 나에게 주며 말했다.

"이 반지는 너희들과 헤어질 때 내가 갖고 가려던 거야. 하지만 이건 네가 끼는 것이 더 낫겠어. 내가 세상에 없을 때 나를 생각해줘. 그 반지에 새겨진 '주님의 뜻대로'라는 말을 읽어보렴. 너는 거친 마음과 동시에 유순한 마음을 품고 있는 아이야. 살아가면서 그 마음을 온순하게 다스리도록 하렴. 격하게 만들지는 말고."

그러면서 그녀는 동생들에게 했던 것처럼 내게도 입을 맞추었다.

그때 내 마음속에서 무슨 일이 벌어졌는지를 지금으로서는 알 수가 없다. 그 당시 나는 벌써 어린아이가 아닌 소년으로 자라 있었다. 괴로워하는 병든 천사의 포근한 아름다움은 이미 내 어린 가슴에 매력으로 자리 잡혀 있었다. 나는 소년답게 그녀를 한껏 사랑하고 있었다. 소년은 청년기와 장년기에는 이미 사라지고 마는 순수함과 진심 그리고 온 마음을 다해 사랑하는 법이다.

당시 나는 그녀가 사랑한다고 말해서는 안 될 타인에 속한다고 믿었다. 다만 그녀가 내게 했던 진지한 말들은 건성으로 듣고 있었지만 두 사람의 영혼이 가까워질 수 있는 한 가장 가까이, 그녀의 영혼이 내 영혼에 접근했음을 느꼈다. 온갖 쓰라린 고통이 내 가슴으로부터 씻은 듯

사라졌다.

이미 나는 혼자가 아니었고, 타인이나 이방인이 아니었다. 나는 그녀 곁에, 그녀와 더불어, 그녀의 마음속에 있음을 느꼈다. 뒤이어 나는, 내게 반지를 준 것은 그녀에게 있어 일종의 희생이었으며 그녀는 그것을 무덤에까지 갖고 가고 싶어 했으리라고 생각했다. 그러자 내 마음속에서 솟구친 하나의 감정이 다른 모든 감정을 압도했다. 나는 더듬거리는 목소리로 말했다.

"이 반지를 내게 주고 싶으면 그냥 네가 갖고 있어. 너의 것은 곧 내 것이니까."

그녀는 한동안 어리둥절한 시선으로 생각에 잠겨 나를 유심히 보았다. 그러고는 반지를 받아 자기의 손가락에 끼고는, 다시 한번 나의 이마에 입을 맞추고 속삭이듯 말했다.

"너는 지금 내가 하는 말이 무슨 뜻인지 잘 모르고 있구나. 너 자신을 이해하는 법을 배우렴. 그럼 너도 행복해지고 많은 사람을 행복하게 할 수 있을 거야."

네 번째 회상

누구든 인생의 어느 시기 동안은 자기가 어디에 있는지도 모르며, 먼지투성이 단조로운 포플러 가로수 길을 걷고 또 걸을 때가 있는 법이다. 그 시기에 관한 기억이라고는, 자신은 먼 길을 걸어왔으며 나이가 들어버렸다는 서글픈 감정뿐이기 일쑤다.

인생이라는 강물이 고요히 흐르고 있는 한 그것은 항상 그대로 머물며, 바뀌는 것은 오직 강가의 경치뿐인 것 같다. 그러나 이어서 인생의 폭포가 닥쳐오게 마련이다. 이 폭포들은 늘 기억 속에 남아 있어, 폭포를 넘어 저 멀리 고요한 대해(大海)에 다다랐을 때도, 귓가에는 여전히 그 폭포의 우렁찬 흐름이 들리는 듯하다. 그나마 남은 생명력이 자신을 앞으로 끌고가 폭포에 원천을 두고 양분을 얻는 듯하다.

고교 시절은 이미 지나갔고 대학 생활의 화려한 초창기도 지나갔다. 그와 더불어 아름다운 인생의 꿈들도 함께 지나갔다. 하지만 한 가지 남아 있는 것이 있다. 신에 대한 믿음과 인간에 대한 믿음만은 남았다.

인생이란 아무래도 나의 작은 머릿속에서 생각했던 그런 것과는 달랐지만, 그 대신 모든 것이 한 단계 높아진 영감을 받았다. 인생에 내재한 불가사의한 요소와 고통이 내게는 지상에 신이 편재하심의 증거가 되었다.

"신의 뜻이 아니면 아무리 하찮은 일이라도 네게 일어나지 않느니라."

이것이 내가 지금까지 살면서 얻은 짤막한 인생 교훈이다.

나는 여름 방학이면 다시 작은 고향 마을로 되돌아왔다. 재회라는 것은 얼마나 큰 기쁨인가!

지금껏 누구도 그것을 설명한 사람은 없지만 재회, 재발견, 회상, 이런 것이야말로 거의 모든 기쁨과 모든 만족의 비밀스러운 원천이다. 처음으로 보거나 듣거나 맛본다는 것, 그것도 아마 아름답고 위대하며 유쾌한 일일 것이다. 그러나 그런 일들은 대체로 지나치게 생소하여 우리에게 기습적인 느낌을 주어, 안정된 마음으로 그 일에 임할 수 없다. 즐기고자 하는 안간힘이 흔히 즐기는 행위 자체보다 크게 마련이기 때문이다.

하지만 몇 년의 세월이 흐른 후 그 옛날의 곡조를 다시 한번 듣는다는 것, 그 악보를 모조리 잊었다고 생각했는데 옛 친구를 다시 만난 것처럼 그 악보가 다시 떠오를 때, 여러 해가 지난 후 드레스덴의 산 시스토 성모상 앞에 다시금 섰을 때, 지난날 성화 속 아기 예수의 무한한 시선에서 우리 마음에 일깨웠던 바로 그 감정이 고스란히 살아나는 느낌이다. 하다못해 학창 시절 이후 한 번도 염두에 둔 적 없는 꽃향기를 다시 맡거나 그 시절 음식을 다시 맛보는 것도 그렇다. 이런 경험은 과연 우리가 현재 눈앞의 인생을 기뻐하는지 흘러간 추억에 대해 기뻐하는지조차 분간할 수 없을 지경으로, 우리 마음속에 깊고 내밀한 기쁨을 안겨준다.

자, 이제 긴 세월이 지난 후 다시 자신의 고향으로 발을 들여놓아보라. 그때 우리의 영혼은 자기도 모르는 사이에 숱한 추억의 바닷속을 헤엄치게 마련이다. 춤추는 추억의 파도가 요람처럼 우리의 영혼을 싣고 몽롱하게 아득한 과거의 강변을 스쳐 흔들리며 지나간다.

탑에서 종소리가 울리면 우리는 학교에 지각이라도 할세라 마음을 졸인다. 그리고 다음 순간 소스라치게 놀라 제정신으로 돌아오면 그런 불안이 과거지사라는 사실을 깨닫고는 안도의 한숨을 내쉬며 기뻐하게 된다.

개 한 마리가 거리를 가로질러 달려갔다. 옛날에 사람들이 무서워하며 멀리 피해 도망 다녔던 바로 그 녀석이다. 예전부터 이곳에서 장사하던 아주머니가 옛날 그 자리에 그대로 앉아 있다. 지난날 그 여인이 팔던 사과는 우리의 마음을 꽤나 유혹했다. 그래서인지 지금도 먼지가 뽀얗게 앉은 저 사과들이 세상 어떤 사과보다 맛있어 보인다.

저편에 있던 집이 헐리고 새로 집이 들어섰다. 헐린 집은 늙은 음악 선생님이 살던 집이었다. 선생님은 이미 저세상 사람이 되었다. 하지만 여름날 저녁 그 집 창 밑에 서서, 일과를 마친 음악 선생님이 혼자 즐기며 연주하던 즉흥곡에 남몰래 귀를 기울이던 일은 얼마나 즐거웠던가. 그 연주는 마치 증기기관차처럼 온종일 모인 증기를 시원하게 토해내는 듯했다.

그리고 이곳의 작은 나무 그늘 길은 옛날에는 훨씬 커 보였다. 어느 날 저녁인가 늦게 집으로 돌아가는 길에 나는 이곳에서 이웃집의 어여쁜 소녀를 만났다.

당시에 나는 그 애를 쳐다본다든가 말을 건넨다는 건 감히 상상조차 못했다. 우리 학교 남학생들은 그 애를 곧잘 화제의 대상으로 삼았고, 그 애를 '아름다운 소녀'라고 불렀다. 나는 길에서 그 애가 멀리 나타나기만 해도 가슴이 부풀어 올랐으나 가까이 다가설 엄두조차 내지 못했다.

그러던 어느 날 늦은 저녁에 공동묘지로 통하는 좁다란 가로수 터널에서 그 소녀와 마주친 것이다. 한 번도 말을 나눠본 적이 없는 사이인데도 그 애는 내 팔을 붙들고 함께 집으로 가자고 말했다. 나란히 걷는 동안 나는 한마디도 하지 않았다. 아마 그 소녀도 그랬던 것 같다. 그런데도 나는 얼마나 행복했던가. 오랜 세월이 지난 지금까지도 그때 일을 생각하면 다시 그 순간으로 돌아가 '아름다운 소녀'의 손을 잡고 행복한 마음으로 함께 걸었으면 하는 생각이 든다.

이렇듯 회상은 꼬리에 꼬리를 물고 이어져 급기야는 회상의 파도에 머리까지 잠긴다. 그러다 긴 한숨을 내뿜으며 지금껏 골똘한 생각에 잠겨 있느라 숨 쉬는 것마저 잊고 있었음을 비로소 깨닫는다. 그러고 나면 그 모든 몽상의 세계가 졸지에 사라져버린다. 마치 밤새 나타났던 유령들이 새벽닭 울음소리에 사라지는 것처럼.

이제 나는 그 낡은 성채와 보리수나무 곁을 지나며 말탄 보초와 높은 계단을 건너다보았다. 그때 내 마음속에는 어떤 추억들이 솟구쳐 올랐는가! 이곳에서의 모든 것은 얼마나 변하고 말았는가!

벌써 여러 해째 나는 그 성에 간 적이 없다. 후작 부인은 이미 세상을 떠났고, 후작은 통치권에서 물러나 이탈리아에서 노후를 보내고 있으며, 지금은 성장한 맏아들이 영주 노릇을 하고 있다. 새 영주의 주변에는 주로 젊은 귀족이나 장교가 있었고, 영주 역시 그들과 어울리기를 좋아했다. 따라서 그 같은 사교 사회가 그 옛날 소꿉친구와 소원하게 만들었다. 이런 이유 말고도 우리의 어린 시절 우정을 방해하는 것이 있었다.

독일 국민 생활의 궁핍함과 독일 통치 체제의 죄상을 처음으로 인식한 청년들과 마찬가지로, 나 역시 쉽사리 진보화의 몇 가지 상투어를 배우게 되었다. 그런 말투는 엄격한 목사 가정에서 상스러운 어투가 어울리지 않는 것만큼이나 궁정과 어울리지 않았다.

그런저런 사정으로 나는 여러 해 동안 성의 높은 계단을 올라간 적이 없다. 그렇긴 해도 그 성에는 내가 거의 매일 같이 이름을 부르며 줄곧 마음속에 간직한 사람이 살고 있다. 나는 생전에는 그녀를 다시 만나지 못하리라 생각했다. 벌써 오래전부터 그녀는 내 마음속에서 비현실적인 존재였고 환상적인 형체로 부상되어 있었다.

그녀는 나의 수호천사였고 언제나 이야기 상대가 되어주는 의논 상대였고 나의 또 다른 자아였다. 나는 스스로와 얘기하는 대신 그녀를 향해 말을 걸었다. 어떻게 그녀가 내게 그런 존재가 되었는지는 스스로도 알 길이 없었다. 실은 나도 그녀에 대해 아는 것이 거의 없었기 때문이다. 마치 하늘에 뜬 구름을 보고 여러 형상으로 바꾸어보듯이, 나의 상상력이 어린 시절 하늘에서 마술처럼 불러낸 몽롱한 환영이요, 소리 없이 암시된 현실의 윤곽을 소재로 그려낸 하나의 완성된 환상이 아니었을까.

아무튼 나의 모든 사고는 부지중에 그녀와의 대화 형식으로 바뀌었다. 내 안에 있는 모든 선한 것, 내가 지향하는 모든 것, 내가 믿는 모든 것, 나의 좀 더 나은 모든 자아는 그녀에게 속해 있었다. 내가 그녀에게 바친 것인 동시에 나의 수호천사인 그녀의 입에서 나온 것이었다.

고향으로 내려온 지 며칠 되지 않은 어느 날 아침, 내게 한 통의 편지가 왔다. 바로 그녀, 후작의 딸 마리아에게서 온 영어로 된 편지였다.

친애하는 친구여,

네가 잠시나마 우리와 함께 지낼 수 있게 되었다는 소식을 들었어. 우리가 못 만난 지도 여러 해가 되었구

나. 괜찮다면, 옛 친구를 다시 만나고 싶어. 오늘 오후 '스위스 별채'에서 혼자 기다리고 있을게.

당신의 친구, 마리아

나는 즉시 오후에 찾아가겠다는 내용의 답장을 역시 영어로 써서 보냈다.

스위스 별채는 그 성의 가장자리에 놓인 건물로, 정원을 향해 길게 뻗어 있어 성 앞마당을 통과하지 않고서도 들어갈 수 있었다.

내가 정원을 지나 그 집에 닿았을 때는 오후 5시였다. 나는 모든 감정을 억제하고 예의 바른 담소를 하리라 단단히 마음먹었다. 우선 내 마음속 수호천사를 달래어 진정시키고, 지금 만날 여인은 천사와는 무관한 존재임을 입증하려고 무진 애를 썼다. 그러나 아무리 해도 마음은 절대 편안하지 않았고, 나의 수호천사 역시 내게 조금도 위안을 주려 들지 않았다. 그러다 마침내 마음을 다잡고는 인생은 어차피 가면무도회라고 중얼거리며 용기를 내어 반쯤 열린 방문을 두드렸다.

방 안에는 아무도 없었다. 다만 웬 낯선 부인이 와서 역시 영어로 말을 걸며 백작 따님께서는 곧 오실 것이라고 전해주었다. 부인이 그 말만 전하고 금세 자리를 비운 덕에, 나는 혼자 남아 마음 놓고 주변을 둘러볼 수 있었다.

방 안의 바깥벽은 떡갈나무 목재로 되어 있었고, 엮어 짠 울타리가 빙 두르고 있었으며, 그 울타리로 기어오른 담쟁이덩굴이 그 무성한 잎새로 방을 온통 뒤덮고 있었다. 테이블과 의자들도 모두 떡갈나무 목재로 조각된 것들이었고, 바닥은 무늬목 마루판이었다. 그 방 안에서 낯익은 물건들을 보니 실로 독특한 감회가 들었다.

물건 대부분이 어렸을 때 성의 놀이방에서 지내며 이미 낯익은 것들이었다. 그 밖에 다른 물건들, 구체적으로 말하자면 초상화들은 새로운 물건이었다. 그렇긴 해도 그것들은 대학의 내 방에 걸린 것과 똑같은 초상화들이었다. 이를테면 그랜드 피아노 위에 걸린 베토벤, 헨델, 멘델스존의 초상화들은 바로 내가 골랐던 것과 같은 것이었다. 방 한쪽 구석에는 내가 가장 아름답다고 생각하는 〈밀로의 비너스〉가 서 있었다.

또 이곳 책상에 놓인 단테와 셰익스피어의 전집, 타울러(1300~1361, 독일의 신비주의 사상가)의 『설교집』, 『독일 신학』, 뤼케르트의 시집, 테니슨과 로버트 번스(1759~1796, 가요 〈올드 랭 사인〉으로 알려진 스코틀랜드 국민 시인)의 시집, 칼라일(1795~1881, 영국 빅토리아 시대의 역사가)의 『과거와 현재』 등은 전부 내 서재에도 있어서 바로 얼마 전까지도 손에 쥐고 있던 작품들이었다.

나는 깊은 상념에 빠졌다가 얼른 생각을 털어버리고, 돌아가신 후작 부인의 초상화 앞으로 다가섰다. 그때 문이 열리더니 어릴 적에 자주 보았던 두 남자가 침대에 누인 마리아를 방 안으로 데리고 들어왔다. 아, 그 모습이란!

그녀는 아무 말이 없었다. 얼굴은 호수처럼 잔잔했다. 두 장정이 나가자 그녀는 내 쪽으로 시선을 보냈다. 옛날과 조금도 다름없는 그윽하고 바닥을 헤아릴 수 없는 눈이다. 그녀의 얼굴에 서서히 생기가 돌더니 마침내 온 얼굴에 웃음을 띠며 입을 열었다.

"우리는 오래된 친구잖아. 내 생각에 우리는 변한 게 없는 것 같아. 나는 '지이'라고는 부르지 못하겠어. 또 애인 사이처럼 '두우'라고 부를 수도 없으니 영어로 말하면 어떨까? Do you understand me?"

이렇게까지 반갑게 맞아주리라고는 상상도 못했다. 게다가 그곳에서 내 눈앞에 보이는 장면은 가면무도회는 아니었다. 거기에는 한 영혼을 갈구하는 또 하나의 영혼이 있었다. 변장하고 검은 가면을 썼는데도 두 친구는 단지 눈 맞춤만으로 서로를 이해할 수 있었다. 나는 내게로 내민 그녀의 손을 잡고 말했다.

"천사와 이야기할 때는 친근하게 대할 수밖에 없어."

하지만 인생에서 형식과 관습은 얼마나 질긴 것인가! 아무리 친한 사람끼리라도 자연의 언어로 말하기란 얼마나 어려운 일인지! 대화가 끊기고, 우리는 한순간 어색함을 느꼈다. 그때 나는 침묵을 깨고 문득 머리에 떠오른 생각을 입 밖에 냈다.

"사람들은 어릴 적부터 새장 안에서 사는 데 길들여진 것 같아. 그래서 자유로운 대기 속으로 풀려나도 감히 날개를 펼칠 엄두를 못 내고, 조금만 높이 날아올라도 어딘가에 부딪힐세라 겁을 내는 거지."

"맞아."

그녀가 말을 이었다.

"하지만 그대로 역시 좋은 일이고, 달리 어쩔 수도 없지. 사람들은 숲속을 나는 새들처럼 나뭇가지 위에서 만나 굳이 서로를 소개할 필요도 없이 같이 노래를 부르는, 그런 삶을 누리기를 곧잘 바라. 그렇지만 친구여, 새들 가운데는 부엉이나 참새 같은 무리도 섞여 있어. 그러니까 우리는 살아가면서 그런 것들을 모른 척하고 지나칠 줄도 알아야 좋은 거야. 그래, 어쩌면 삶이란 시와 같은 것인지도 몰라. 진정한 시인이 가장 아름답고 진실된 것을 운율이라는 구속된 형식에 담아 표현할 줄 알듯, 인간이라면 사회의 속박을 무릅쓰고 사상과 감정의 자유를 지킬 줄 알아야 한다고 생각해."

나는 이때 문득 플라텐(1796~1835, 낭만주의를 기조로 하면서도 의식적으로 이에 맞서 새로운 것을 추구한 독일 시인)의 시구(詩句)를 떠올리지 않을 수 없었다.

언제 어디서나
영원한 것,
그것은 구속된 운문(韻文)에 깃든
자유로운 정신이니.

"정말 그런 것 같아."

온화하면서도 사뭇 장난스러운 웃음을 지으며 그녀가 말했다.

"그래도 내게는 특권이 하나 있어. 그것은 나의 병과 외로움이야. 내게는 청춘 남녀가 퍽 안타까울 때가 있어. 그들은 가까운 친구들이 자기네를 향해서 사랑이라고 일컬어지는 것을 염두에 두지 않는 한, 어떤 우정이나 신뢰감도 느끼지 못하거든. 그래서 그들은 오히려 많은 것을 잃고 말아. 여성은 자신의 영혼 안에 무엇이 잠들어 있는지를, 또 숭고한 남성의 진지한 권고의 말 한마디가 그 잠을 깨울 수 있음을 깨닫지 못하지.

그런가 하면 젊은 남자는 내면의 투쟁을 멀리서 지켜봐주는 여자가 있다면, 아마 그 옛날 기사도적 덕성을 되찾을는지 몰라. 그런데 그런 일은 별로 없는 것 같아. 왜냐하면 거기엔 사랑이, 아니면 사랑이라고 칭해지는 것이 늘 끼어드니까. 무섭게 고동치는 가슴, 파도처럼 밀려오는 희망, 예쁜 얼굴을 마주했을 때의 환희, 달콤한 감상, 약삭빠른 타산까지……, 한마디로 순수한 인간애의 참모습이라고 할 저 고요한 대양을 교란시키는 온갖 것이 나타나지."

그녀는 갑자기 말을 멈췄다. 괴로운 표정이 그녀의 얼굴에 어렸다.

"오늘은 더 오래 얘기할 수 없어."

그녀는 말했다.

"내 주치의가 말을 너무 많이 하지 말라고 했어. 멘델스존의 이중주를 듣고 싶네. 저 이중주는 네가 이미 어렸을 때 연주할 수 있던 곡 아니야?"

나는 아무 말도 할 수 없었다. 그녀가 말을 마치고 여느 때처럼 두 손을 가지런히 포개어 놓았을 때 그 반지가—지금은 새끼손가락에 끼워진—내 눈에 들어왔기 때문이다. 그 옛날 그녀가 내게 주었고 내가 다시 그녀에게 주었던 반지였다. 너무나 많은 생각이 몰려오는 바람에 나는 벅찬 마음을 말로 표현할 수가 없었다. 그래서 묵묵히 피아노 앞에 앉아 그 곡을 연주했다.

연주가 끝나고 나서 나는 그녀 쪽을 바라보며 말했다.

“이렇게 아무런 말 없이 음으로만 얘기할 수 있다면 얼마나 좋을까?”

“그럴 수 있어.”

그녀가 대답했다.

“나는 모든 것을 알아들었어. 하지만 오늘은 여기까지만 해야겠어. 하루가 다르게 쇠약해지고 있거든. 우리는 서로에게 좀 더 익숙해져야 해. 병들어 은둔하고 있는 이 가엾은 병자는 늘 관용을 기대해. 우리 내일 저녁, 같은 시간에 다시 만날 수 있는 거지?”

나는 그녀의 손을 잡고 손에 키스하려고 했다. 하지만 그녀는 내 손을 힘주어 꼭 잡으면서 말했다.

“이것으로 됐어. Good bye!”

다섯 번째 회상

그때 내가 무슨 생각을 하며 어떤 기분으로 집까지 돌아왔는지는 말하기 어렵다. 그 심경은 온전히 말로 옮겨 놓을 수 없는 것이었다. 기쁨과 슬픔이 극치인 순간에는 누구나가 홀로 연주하는 '말 없는 생각'이라는 곡이 있게 마련이다.

그날의 내 감정은 슬픔도 기쁨도 아니었다. 그것은 말로 표현할 수 없는 경이로움이었다. 하늘에서 땅으로 내려오다 목적지에 이르기 전에 타버리고 마는 별똥별처럼 온갖 생각이 내 마음속을 날아다녔다.

꿈을 꾸면서 '지금 너는 꿈을 꾸는 거야'라고 자신에게 말할 때처럼, 나는 나 자신에게 "너는 살아 있다. 그리고 그녀는 엄연히 실재한다."라고 되뇌었다. 그리고 분별과 냉정을 되찾으려고 애쓰면서 "그녀는 사랑을 받을 가치가 있는 애인이야. 실로 비상한 정서를 지닌 여인이야."
라고 말했다.

또한 그녀에게 무한한 연민을 느꼈고, 휴가 동안 그녀의 곁에서 보낼 행복한 오후를 상상했다. 그러나 처음부터 그런 것을 염두에 둔 것은 아니었다. 그녀야말로 내가 구하고 생각하며, 희망하고 믿었던 모든 것이 아닌가. 여기에 마침내 한 인간의 영혼이, 투명하고 신선한 영혼이 실재하는 것이다.

그녀를 다시 본 순간에 나는 그녀의 전부를, 그녀의 내부에 감춰진 모든 것을 알아보았다. 우리는 인사하는 동시에 서로를 알아보았다. 내 마음속의 수호천사는? 그 천사는 어디로 가버렸는지, 불러도 대답이 없었다. 이제 나는 그 천사를 다시 발견할 수 있는 장소가 지상에 단 한 군데밖에 없음을 알았다.

그때부터 행복한 나날이 시작되었다. 매일 저녁 나는 그녀를 방문했고, 우리는 곧 서로가 진정한 옛 친구임을, 서로 '두우'라고 부를 수밖에 없는 사이임을 절감했다. 지금껏 늘 함께 어울려 살아왔던 것 같았다. 어쨌든 그녀가 켜는 감정의 현치고 이미 나의 영혼 속에서 울리지 않은 음이 없었고, 내가 입 밖에 낸 생각치고 그녀가 다정하게 고개를 끄덕이며 '나도 그렇게 생각했어요'라고 응

해오지 않은 생각이 없었다.

그전에 언젠가 나는 우리 시대의 저명한 음악가 한 사람이 자기 누이랑 함께 피아노 앞에 앉아 즉흥곡을 연주하는 것을 들은 적이 있다. 그때 나는 어떻게 저 두 사람이 서로 이해하고 공감하면서 그들의 악상을 자유롭게 전개할 수 있는지, 그러면서 결코 한 음도, 아니 반음도 화음을 깨지 않고 연주할 수 있는지, 실로 이해할 수 없었다. 그런데 지금은 그것이 이해되었다.

비로소 나는 나의 내면이 가난하고 공허한 것이 아님을 발견했다. 다만 그 모든 씨앗과 꽃봉오리를 발아시키고 개화시키는 햇빛이 못내 아쉬웠다. 실상 나와 그녀의 영혼을 꿰뚫고 간 그 봄은 얼마나 우수에 찬 계절이었던가! 흔히 5월에는 이제 곧 장미가 시들 거란 사실을 잊기 십상이다. 하지만 우리의 그 계절에는 매일 저녁 꽃잎이 하나씩 땅에 떨어지고 있다는 경고의 소리가 들려왔다. 그녀는 나보다 먼저 그 소리를 알아듣고 그 얘기를 입 밖에 냈다. 하지만 그것 때문에 그녀가 고통스러워 보이지는 않았다. 그렇게 우리의 대화는 날이 거듭할수록 점점 진지하게 무게를 더해갔다.

어느 날 저녁, 내가 막 집으로 돌아오려는데 그녀가 말했다.

"내가 이렇게 오래 살게 되리라고는 생각하지 못했어. 견신례를 받고 너에게 이 반지를 주던 날, 나는 곧 세상을 떠나리라고 생각했어. 그런데 이토록 여러 해를 살아오며 여러 가지 아름다운 일을 즐기고 있으니……. 물론 괴로움도 많았지만, 그런 것은 빨리 잊는 게 현명할 테지. 이제 진정으로 작별의 시간이 임박해온 것 같다는 생각이 들면 1시간, 1분이 얼마나 소중한지 몰라. 안녕, 내일 늦지 않도록 해."

어느 날, 그녀의 방에 들어섰을 때, 한 이탈리아 화가가 와 있었고, 그녀는 그 사람과 이탈리아 말로 얘기를 하는 중이었다. 보아하니 그 남자는 예술가라기보다는 화공에 가까워 보였다. 그런데도 그녀는 그를 향해 상냥하고 겸손한 태도로, 사뭇 존경의 마음을 보이며 말을 걸었다. 그런 그녀의 태도를 보고 있노라니 타고난 그녀의 귀족적 품격과 고결한 영혼이 엿보였다. 화가가 가고 나자 그녀는 내게 말했다.

"지금 그림을 한 점 보여줄게. 분명히 좋아할 거야. 진품은 파리 미술관에 있는데 이 그림에 관해 쓴 글을 읽은 적이 있거든. 그래서 아까 이탈리아 화가한테 사본을 받았어."

그녀는 내게 그림을 보여주고 나의 촌평을 기다렸다.

그것은 고전적 독일 의상을 입고 있는 중년 남자의 초상화였다. 그림 주인공의 표정이 몽상적이고 겸허한 데다가 너무나 사실적인 모습이어서, 의심할 여지 없이 실제 인물로 보였다. 그림의 전경은 대체로 어두운 갈색이었고, 배경은 지평선에 막 솟아오르는 첫 아침 햇빛이었다. 그 밖에 그 그림에는 이렇다 할 특이점은 없었다. 하지만 대체로 안정감을 주는 인상이어서 몇 시간이고 싫증 나는 일 없이 바라볼 수 있을 것 같았다.

"이렇게 사실적인 초상화는 처음 봐. 라파엘이었다 해도 이런 작품을 만들어내진 못했을 거야."

"정말 그래."

그녀가 맞장구쳤다.

"그럼 내가 왜 이 초상화를 갖고 싶어 했는지 알겠어? 이 그림을 그린 화가가 누구인지, 초상화의 모델이 누구인지는 전혀 알려지지 않았어. 그렇지만 모델은 필시 중세기의 한 철학자일 것이라는 추측만 있을 뿐이래. 그 기사를 읽는 순간 내 진열장에 꼭 맞는 그림이라는 생각이 들었어. 너도 알다시피, 『독일 신학』의 저자 역시 알려지지 않았고 그의 초상화도 없잖아. 그래서 누군지 모르는 이 초상화의 주인이 과연 『독일 신학』의 저자로 적합하지 않을까 싶었지. 네가 반대하지 않는다면 이 그림을

'알비파(派)' 그림과 '보름스 국회' 장면 사이에다 걸어놓고 '독일 신학의 저자'라는 제목을 붙일까 해."

"좋은 생각이야."

나는 말했다.

"그런데 이 인물은 프랑크푸르트 사람치고는 좀 너무 건장하고 남성적으로 보이는군."

"그런 것 같기는 해. 아무튼 나처럼 병들어 죽어가는 사람은 그의 책에서 큰 위안과 힘을 얻는 것도 사실이야. 이 책에 얼마나 감사하고 있는지 몰라. 나는 여기서 처음으로 기독교 교리의 참된 비밀을 간명하게 알게 되었거든. 이 책을 쓴 옛날의 저자가 누구였든 간에, 그의 가르침을 믿고 안 믿고는 전적으로 나의 자유처럼 느껴졌어. 그의 가르침에는 강압적인 면이 전혀 없었거든. 그런데도 그의 가르침은 엄청난 힘으로 나의 마음을 사로잡았고 나는 비로소 계시라는 것을 깨달은 것 같아.

많은 사람에게 참된 기독교 정신에 들어서지 못하게 막는 요인은, 우리 자신 안에 계시가 미처 다가오기도 전에 기독교 교리가 먼저 계시를 앞세우는 데 있는 것 같아. 그 때문에 나도 꽤 불안했어. 그렇다고 내가 우리 종교의 진실성과 신성을 의심했다는 뜻은 아니야. 다만 남들이 공짜로 가져다주는 믿음에 대해서는 내게 권리가 없다는 느낌,

이해도 못하면서 어릴 적부터 배워 수용한 믿음은 진정으로 내 것이 아니라는 느낌이 있었기 때문이야. 그 누구도 나를 대신하여 살아주거나 죽어줄 수 없는 것처럼, 아무도 나를 대신해서 믿어줄 수는 없는 거잖아?"

"물론."

나는 말했다.

"기독교 교리는 사도나 초기 기독교 교도의 마음을 사로잡았던 것처럼 서서히 거역할 수 없이 우리 마음에 스며들어와야 해. 그런데 요즘에 와서 그것은 어떤 막강한 교파의 범접할 수 없는 율법이 되어 유아기부터 우리에게 다가와, 이른바 신앙이라는 것에 복종하라고 맹종을 강요하지. 바로 여기에 수많은 치열한 갈등의 근거가 있는 거야. 모름지기 사고하는 능력과 진실에 대한 경외감을 가진 사람의 마음에는 어김없는, 늦든 바르든 간에 의혹이 고개를 들게 마련이지. 그래서 우리가 신앙을 쟁취하려는 올바른 도정에 있는 동안에도, 늘 우리 마음에는 의혹과 불신이라는 괴물이 도사리고 있어 새로운 생명이 펼쳐지는 것을 방해하는 것이지."

그녀가 내 말을 끊으며 끼어들었다.

"최근에 나는 어느 영어책에서 진리가 계시로 나타나는 것이지 계시가 진리를 만드는 게 아니라는 구절을 읽었어. 이 말은 내가 『독일 신학』을 읽었을 때의 느낌을 그대로 표현해주고 있어. 그 신학서를 읽으면서, 나는 진리의 힘에 압도당하는 듯해서 그 교리에 귀의하지 않을 수 없었어. 진리가 나를 눈뜨게 했어. 아니, 내가 스스로 진리에 눈떴고 처음으로 신앙이 무엇인지 깨닫게 되었어. 진리는 이미 내 것이었던 거야. 다만 오랫동안 나의 내면에서 잠자고 있었던 거지.

그런데 그 미지의 옛날 학자의 가르침이 한 줄기 광채처럼 내 안으로 파고들어 내면에 눈뜨게 하고, 막연했던 예감을 명징하게 내 영혼 앞에 보여주었던 거야. 그렇게 일단 인간의 영혼이 어떻게 믿을 수 있는가를 느끼고 난 연후에, 복음서를 읽기로 작정했어. 그것 역시 미지의 옛날 학자들이 썼다고 생각하면서 읽기로 했지. 그것들은 신비한 방식으로 성령에 의해 사도들에게 불어 넣어진 영감이며, 종교회의에서 인준을 받았고, 가톨릭 신앙의 최고 권위로 인정받은 것이라는 등의 선입견을 되도록 내 머리에서 몰아냈지. 그러고 나서야 비로소 나는 기독교 신앙이 무엇이며, 기독교 계시가 무엇인지를 이해할 수 있게 되었지."

"신학자들이 지금까지 우리에게서 종교라는 것을 모조리 앗아가지 않은 것이 오히려 이상스러운 지경이지.

만약 진정한 신앙인들이 정색하고 다가서서 '이 정도까지만, 더는 안 돼요'라고 말리지 않는다면, 그들은 아마 종교를 몽땅 앗아갈 거야.

어느 종교든 하느님의 종복이 있어야겠지. 하지만 이 세상의 어느 종교를 막론하고 목사, 브라만, 샤먼, 불교승, 라마승, 바리새파의 율법 학자 같은 자들에 의해 부패하고 파괴되지 않은 종교는 없을 거야. 그들은 교구의 일반 신도들이 알아들을 수도 없는 말로, 서로 물어뜯으며 분쟁을 하지. 그리고 스스로 복음서에서 영감을 얻지. 그 영감으로 다른 이들을 교화시킬 생각은 안 하고, 복음서들은 영감을 받은 자들에 의해 써진 것이니 어디까지나 진리라는 장황한 증거나 수집하기 급급해. 하지만 그런 증명은 그들 자신의 미흡한 신앙을 미봉하는 궁여지책에 지나지 않아.

그들 스스로가 한층 경이로운 영감을 받아보지 못한 마당에, 복음서 저자들이 불가사의한 방식으로 영감을 받았다는 사실을 어떻게 알 수 있겠어? 그래서인지 그들은 영감이라는 하늘의 은총을 초대 교회 장로들한테까지 연장하고, 심지어는 종교회의 결의에 많은 표를 획득한 사람들도 받았다고 우기려 드는 거야.

그렇게 되면 다시금 문제가 제기되지. 쉰 명의 주교 가운데 스물여섯 명은 영감을 받았고 스물네 명은 영감을 받지 않았다는 사실을 우리가 어떻게 알 수 있는가 하는 거지. 그래서 사람들은 결국 마지막으로 필사적 조치를 하고 이렇게 말하지. 축복의 안수를 통해 교회의 고위 성직자들은 오늘날까지도 영감과 영원한 신성을 얻게 된다고. 결국 내적 확신, 절대적인 순종과 신앙, 헌신, 신에 대한 경건한 인식은 전혀 필요 없다는 주장이 되고 마는 거지. 이 모든 주장에도 맨 처음의 문제는 여전히 뚜렷하게 남아 있어.

가령 B라는 사람은 A라는 사람이 영감을 얻은 사실을, 그만큼의 영감 아니 그 이상의 영감을 얻지 못하고 어떻게 알 수 있겠어? A가 영감을 얻었는지, 못 얻었는지 알아내려면 B 자신이 A보다 더 많은 영감을 얻어야 하는 거잖아."

"나는 그렇게까지 명확하게 생각하지는 못했어."

그녀가 말을 이었다.

"그렇지만 사랑에 관한 한, 타인이 사랑하고 있는지, 아닌지를 아는 것은 실로 어려운 일이라는 생각을 자주 했어. 왜냐하면 사랑에 있어서는 그것이 가짜라는 징표가 없기 때문이지. 그래서 나는 생각했어. 스스로 사랑을 아는 사람 말고는 누구도 타인의 사랑을 알 수 없다고.

또 그가 자신의 사랑을 믿는 한도 내에서만 타인의 사랑도 믿게 되는 것이라고.

사랑의 은총이 이렇듯, 아마 성령의 은총도 마찬가지라고 생각해. 성령의 은총을 받을 때, 당사자는 하늘에서 폭풍이 몰려오는 듯 엄청난 굉음을 들으며 불이 난 듯 혓바닥이 녹아내림을 느끼는 거야. 그렇지만 당사자가 아닌 남들은 혼비백산하며 오해하거나, '당신 취했군요'라고 놀려대지."

그녀는 잠깐 말을 멈춘 뒤 다시 계속했다.

"아무튼 이미 말했듯이 내가 나의 신앙을 굳히게 된 것은 『독일 신학』 덕분이었어. 그것도 많은 사람이 그 책의 결함이라고 지적한 요소가 오히려 내게는 확신을 주었어. 저자는 자신의 교리를 결코 엄밀하게 논증하려고 애쓰지 않았거든. 그는 씨 뿌리는 농부처럼, 단 몇 알의 씨앗이라도 비옥한 땅에 떨어지면 수천 배의 결실을 맺으리라는 희망을 품고서 그냥 자신의 교리를 뿌린 거야. 그 신학 스승이 그런 식으로 자기의 교리를 굳이 입증하려 애쓰지 않는 이유는 그가 지닌 인식이 그만큼 충만했기 때문일 거야. 논증이라는 형식을 묵살할 만큼."

"그래, 맞아."

나는 그녀의 말을 가로챘다. 그녀의 말을 듣자 문득 스피노자의 『윤리학』에 나타난 놀라운 논증의 연쇄를 떠올리지 않을 수 없었기 때문이었다.

"스피노자의 경우에서 보듯, 지나치게 소심한 논증의 전개는 오히려 그 예리한 사상가가 진심으로는 자신의 학설을 믿을 수 없었던 게 아닐까. 바로 그래서 굳이 그물의 코 하나하나를 그토록 용의주도하게 묶을 필요를 느꼈던 게 아닐까 싶은 인상을 주게 되거든. 그렇기는 해도……."

나는 말을 이었다.

"솔직히 고백하자면, 나 역시 『독일 신학』에서 감동을 받았지만 그렇게까지 깊이 감탄하지는 않았어. 물론 나도 그 책에서 여러 가지 자극을 받긴 했지. 그렇지만 내가 보기에 그 책에는 인간적인 면, 시적인 감성 그리고 무엇보다 현실에 대한 따뜻한 감정과 경외감이 부족한 것 같아.

14세기의 모든 신비주의는 준비 단계로선 유익한 데가 있어. 하지만 우리가 루터의 경우에서 볼 수 있듯이, 그것은 결국 신의 축복과 신이 부여한 용기를 갖고 현실 생활로 귀환하는 데서 비로소 그 해결점을 찾았지.

인간은 살아가면서 언젠가 한 번쯤은 자신의 존재가 무상함을 인식해야만 해. 자기 자신만으로는 아무것도 아니라는 것, 자신의 존재, 출생, 영생은 불가사의한 초

지상적(超至想的) 영역에 뿌리를 두고 있음을 깨달아야만 하지. 이것이 곧 신에게 귀의하는 길이야. 이 길은 비록 지상에서는 끝내 그 목표에 이르지 못하더라도, 인간의 마음속에는 영원히 꺼지지 않는 신에게로의 향수를 남겨주지.

그렇지만 신비주의자들의 주장처럼 인간이 창조된 세계를 소멸해버릴 수는 없어. 비록 인간 자신이 무(無)에서 만들어졌지만, 즉 오로지 신에 의해 신에게서 나오긴 했지만, 그는 혼자 힘으로 무로 되돌아갈 수는 없는 거야. 타울러가 자주 언급했던 자아 소멸이라는 것도, 불교도에서 말하는 열반, 입멸 그 이상의 것은 아니지. 타울러는 이렇게 말했어. '최고의 존재에 대한 사랑과 경외감이 큰 나머지 공(空)으로 돌아가고 싶어 하는 것은 최고의 존재 앞에서 기꺼이 가장 깊은 나락으로 떨어지기를 원하는 것과 같다'라고. 하지만 이 같은 피조물의 소멸은 창조자의 뜻이 아니야. 왜냐하면 창조주는 끊임없이 창조하고 계시니까.

'신은 인간으로 변신할 수 있으나 인간이 신이 될 수는 없다'라는 아우구스티누스의 말처럼, 신비주의는 인간의 영혼을 단련시키는 불은 될 수 있지만, 인간의 영혼을 가마솥의 끓는 물처럼 증발시키지는 못하는 거야. 자신의 하찮음을 깨달은 자는 그 자아가 곧 진정한 신성의 반영이라는 것도 인식해야 해. 『독일 신학』에는 이런 구절이 있어.

'완전한 자에게서 흘러나온 것은 완전한 자가 없으면 참된 존재가 아니요, 그것은 한낱 우연이며 광채이며 반사일 따름이로다. 존재란 완전한 자 안에만 있음이라. 따라서 우연, 광채, 반사처럼 흘러나온 것은 진정한 존재도 아니며 존재를 지니고 있지도 아니하다. 존재한 그 광채를 뿜어내는 불꽃이나 태양, 빛 안에만 있음이라.'

그렇지만 신에게서 흘러나온 것은, 그것이 비록 불꽃의 잔광에 지나지 않는다고 할지라도, 신적인 실체를 자신 안에 내포하는 거야. 그리고 어쩌면 광채 없는 불꽃이나 빛이 없는 태양, 피조물 없는 창조주가 무슨 의미를 갖느냐고 말하고 싶은 사람도 있을 거야. 그에 관해서는 다음 구절이 진실을 밝혀주지.

'인간과 피조물이 신의 뜻과 심오한 충고를 이해하려 하는 것은 아담의 행적과 악마의 행동을 따르려는 것과 다를 바가 없다.'

그러므로 우리는 스스로를 신의 반영으로 느끼고, 그렇게 보이도록 하는 것에 만족해야 한다는 거야. 우리를 비춰주는 신의 빛을 가리거나 꺼버려서는 안 돼. 그 빛이 주의의 만물을 두루 비추어주고 따뜻이 해주도록 해야

해. 그렇게 함으로써 우리는 혈관 속에 살아 있는 불꽃을 느끼고 삶의 투쟁을 향한 한 단계 높은 영감을 느끼게 되는 거야.

아무리 하찮은 소명이라도 그것에서 신을 상기하고, 세속적인 것을 신적인 것으로, 순간적인 것을 영원한 것으로 받아들일 때, 우리의 온 생은 신 안에서의 생으로 화하는 거야. 신은 영원한 휴식이 아니라 영원한 삶이니까. 안젤루스 실레지우스(1624~1677, 영국 브레스라우 출신의 신비주의적 경향을 띠는 시인)는 신에게는 뜻이 없다고 말하지만, 그는 실상 이런 진리를 알지 못했던 거야."

우리는 기도한다.
'오, 주여, 당신의 뜻대로 하소서'라고.
그러나 보라. 신은 뜻 같은 건 없으며
신은 영원한 휴식일 뿐이다.

그녀는 조용히 나의 말에 귀를 기울였다. 그리고 잠깐 생각에 잠긴 뒤 입을 열었다.

"너의 신앙은 건강하고 힘이 있어. 하지만 이 세상에는 삶에 지친 나머지 안식과 수면을 갈망하는 영혼, 당장 신에게로 돌아가 영원히 잠든다고 해도 세상에 대해 아무

애착도 아쉬움도 느끼지 않을 만큼 너무나 큰 고독에 빠져 있는 영혼도 있어. 그들은 지금이라도 신의 품에 안길 수 있다면, 거룩한 안식이 찾아오리라고 예감하지. 그들이 그럴 수 있는 것은, 그들에겐 세상과의 유대도 없고, 휴식에 대한 소망 말고는 그 어떤 소망에서도 위안을 찾지 못하기 때문이야."

휴식은 지고의 선(善).
신이 휴식이 아닐진대,
나는 신 앞에서 두 눈을 감아버리리.

"아무튼 너는 『독일 신학』의 저자를 살짝 오해한 것 같아. 그 저자는 외형적 삶의 무상함을 가르치고 있지만, 그 삶을 소멸시키라는 말은 절대 하지 않았어. 28장을 읽어봐."

나는 책을 들어 읽었고 그녀는 두 눈을 감고 귀를 기울였다.

"이러한 합일이 실제로 이루어져 실재하게 된다면, 그 합일 가운데서 내적 인간은 활동하지 않으며, 하느님은 외형적 인간에게 이리저리, 이승에서 저승으로 움직이게 하시니라. 그것은 필연적으로 그렇게 되게 되어 있고 진실로 그렇게 돼야 하노라. 따라서 외형적 인간은 진실로 이렇게 말하게 되리라.

우리는 존재하는 것과 존재하지 않는 것, 사는 것과 죽는 것, 아는 것과 모르는 것, 행동하는 것과 그만두는 것, 이런 모든 것의 의지도 없습니다. 오로지 필연적으로 그렇게 되게 되어 있는 것을 행하거나 감내하면서 신의 뜻을 받아들일 태세를 갖추고 순종할 따름이다.

이렇듯 외면의 인간은 '왜?'라고 따지며 묻거나 요구하지 않으며, 묵묵히 영원하신 분의 뜻에 만족해야 한다. 진실로 내면의 인간은 움직이지 않으며, 외형적 인간이 필연적으로 움직이게 되어 있음은 주지된 바로되, 내적 인간이 움직여 '왜?'라고 따지게 되는 경우가 있다면 그것 역시 영원하신 분의 뜻으로 정해진 필연일 따름이다. 하느님 자신이 인간이 될 수 있거나 인간이 된 경우가 바로 이런 경우다. 이 사실을 우리는 그리스도에게서 알아볼 수 있다.

하느님의 빛에서 나와 그 빛 안에서 합일이 이루어지는 곳에서는 정신적 교만, 경솔한 방종, 분방한 기질을 볼 수 없으며, 그곳엔 오로지 끝없는 겸허함, 무한히 자신을 움츠린 우려의 마음, 단정함과 성실, 평등과 진실, 평화로움과 만족스러움 요컨대 덕성에 속한 모든 것이

자리하게 된다. 그렇지 않은 경우, 앞서 말한 바와 같은 합일은 이미 아니다.

다만 실로 세상 어느 것도 이 같은 합일을 도와주거나 그것에 종사치는 않는다. 마찬가지로 그 합일을 교란하고 방해할 것은 아무것도 없다. 왜냐하면 그것에 큰 해를 끼치는 것은 오로지 인간 자신이 내세우는 인간의 뜻뿐이기 때문이다. 이 점을 마음 깊이 새겨야 한다."

"거기까지면 충분해."

그녀가 말했다.

"이제 우리는 서로의 의견을 충분히 이해했다고 생각해. 이 이름을 알 수 없는 나의 스승은 책의 다른 대목에서도 분명히 말하고 있어. 어떤 인간도 죽음을 앞두고 동요가 없을 수는 없다고. 또 아무리 신이 된 인간이라도 신의 뜻이 없으면 혼자서는 아무것도 행할 수 없는 한낱 신의 손 혹은 성령이 깃든 신전과 같은 존재라고. 그래서 신에 사로잡힌 인간은 자신의 상태를 잘 알면서도 그것을 입 밖에 내어 말하지는 않는 거야. 마치 사랑의 비밀을 간직하듯, 신 안에서의 자신의 삶을 지키는 거야.

나는 곧잘 나 자신이 저 창밖으로 보이는 백양나무 같다는 기분이 들 때가 있어. 저 나무는 밤에 잎새 하나 흔들리지 않고 조용히 서 있어. 그러다 아침에 바람이 불면 잎새들이 살랑살랑 움직이기 시작하지. 하지만 나무줄기와 가지는 꼼짝도 하지 않아. 마침내 가을이 오면 한때 떨고 있던 모든 잎은 시들어 떨어지겠지. 그래도 줄기만은 꿋꿋하게 새로운 봄을 기다릴 거야."

그녀는 이 같은 세계에 이토록 깊이 은둔하여 살고 있었으므로, 나는 굳이 그런 그녀를 방해하고 싶지 않았다. 하긴 나 자신도 그와 같은 사념의 요지경 속에서 겨우 빠져나오지 않았던가. 우리 둘 다 고민과 피로가 컸지만, 그 속에서 누가 빼앗아도 좋은 몫을 찾은 듯했다.

이처럼 우리는 오후마다 새로운 대화를 열었고 보이지 않는 마음을 꿰뚫어보는 새로운 눈을 뜨게 되었다.

그녀는 내 앞에 아무런 비밀도 품지 않았다. 그녀의 언어는 순전히 전신의 사고와 느낌 자체였다. 그녀가 입 밖으로 내는 말은 모조리 몇 년 동안 그녀의 삶을 동반하며 숙성된 것임이 틀림없었다. 그렇게 그녀는 마치 한 아름 꺾어 모은 꽃을 서슴없이 잔디 위에 흩뿌리는 어린애처럼, 자신이 수집한 생각을 남김없이 풀어내고 있었다.

하지만 나는 그녀처럼 기탄없이 내 마음을 열어 보일 수가 없었다. 그리고 그것이 나를 괴롭혔지만 어쨌든 이 사회는 관습이니 예의니, 분별이니 현명함이니, 생의 지혜니 하는 이름을 붙여 우리에게 끊임없는 거짓 놀음을 요구하며 우리의 삶 전체를 일종의 가장무도회로 만들어 버리지 않는가. 이런 거짓 놀음에 참여하고 있으면서, 아무리 뜻이 있다 해도 자신의 본연의 진실을 온전히 되찾은 사람들이 얼마나 되겠는가?

심지어 사랑까지도 고유의 언어를 말하지도, 고유의 침묵을 그대로 침묵하지도 못하며, 시인의 상투어를 배워 열광하거나 한숨짓고 일시적 유희를 벌인다. 있는 그대로 받아들이고, 서로를 바라보며 헌신할 줄을 모른다. 그녀에게 그런 점을 솔직히 털어놓고, "당신은 나를 모릅니다."라고 말하는 게 간절한 나의 심정이었다. 하지만 그것을 진실 그대로 구현할 말이 도무지 떠오르지 않았다.

생각다 못해 나는 집으로 돌아오기 전에, 최근에 얻은 아널드(1822~1888, 영국의 시인이며 비평가)의 시집을 그녀한테 남겨두고 〈파묻힌 생명〉이라는 시를 읽어보라고 했다. 그것이 나의 고백이었다. 이어서 나는 그녀의 침대 곁에 꿇어앉아 "그럼 잘 있어."라고 말했다. 그녀도 "안녕." 하고 말하며 내 머리에 손을 얹었다.

그때였다. 내 온몸에서는 전류가 흐르듯 전율이 느껴졌고, 어린 시절 꿈들이 내 마음속에서 펄럭이며 날개를 퍼덕이는 듯했다. 나는 그 자리를 떠날 수가 없었다. 그래서 그 깊고 바닥을 알 수 없는 눈을 응시하며, 그녀 영혼의 평화가 그림자처럼 내 마음을 두루 덮기를 기다린 후 일어서서 말없이 집으로 돌아왔다.

그날 밤, 나는 사나운 바람 속에 서 있는 백양나무 꿈을 꾸었다. 하지만 가지에 달린 잎은 조금도 흔들리지 않았다!

〈파묻힌 생명〉

매슈 아널드

지금 우리 사이에는 가벼운 농담이 오가지만
보라, 나의 눈이 눈물로 젖어 있음을!
이름 없는 슬픔이 가슴을 울리는구나.
그렇다. 우리는 잘 알고 있다.
농담을 주고받을 줄 알고,
미소도 지을 줄 안다.
그러나 이 가슴속에는 남모르는 무엇이 감추어져 있어,
그대의 농담 안식이 못 되고,
그대의 미소 위인이 못 된다.

그대의 손을 내 손에 얹고 잠시만 침묵해다오.
그대의 그 맑은 눈을 내게로 돌려

그대의 영혼 가장 깊은 곳을 읽게 해 다오.
아! 사랑하는 이여!
아, 사랑조차 이토록 약한 것일까?
마음을 열어 그것을 고백하게 할 힘이 없는가?
사랑하는 이들조차 용기가 없어
서로 표현해낼 힘을 갖지 못한 것일까?
나는 알고 있었지, 수많은 이들이 한사코
자신의 생각을 감추려 함을.
혹시나 자신의 생각이 드러나면,
남들에게 무심히 거부당할까, 아니면 비난받을까
두려워하기 때문이라는 것을.
나는 알고 있었지, 사람들은
거짓 탈을 쓰고 살아 움직인다는 것을.
남들에게나 자신에게나 이방인으로 머물러 있다는 것을.
그러나 모든 인간의 가슴속에서 뛰는 것은
똑같은 심장이라!

그러나 우리는?
사랑하는 이여!
그 같은 저주가 우리의 가슴과 우리의 목소리까지
마비시킨단 말인가?

그렇게 우리도 벙어리가 되어야 한단 말인가?
아! 단 한 순간이라도 우리의 심장을 열어젖힐 수 있다면.
우리의 입술을 묶고 있는 사슬을 풀 수 있다면.
그것으로 족할 것을!

예견된 운명.
보잘것없는 아이가 되어
때로는 장난에 마음을 빼앗기고
때로는 온갖 싸움질에 빠져들며
본성마저 변하는구나.
그러나 운명은,
변덕스러운 장난 속에서도
순수한 자아를 지키고
존재의 법칙에 따르도록
숨어 있는 생명의 강이
우리 가슴 깊디깊은 곳을 관류해
보이지 않는 흐름을 추진하도록 명했다.
그래서 우리의 눈은
그 묻힌 흐름을 보지 못하고,
비록 그 섭리의 흐름을 타고 있되

우리의 모습은 불확실함 속을
표류하는 장님 같은 것.

그러나 붐비는 세상의 길목에서도
어두운 투쟁 속에서도
우리의 묻힌 생을 알고 싶은
무한한 욕구가 끊임없이 솟구쳐 오른다.
그것은 우리 삶의 참된 본연의 길을 알고자
온 힘과 불꽃을 사르고 싶은 갈증이다.
우리 마음 깊은 곳에서 이토록 세차게 고동치는
심장의 신비를 캐려는 우리의 삶이
어디에서 와서 어디로 가는가를 알고자 하는 열망이다.
수많은 이가 자신의 가슴을 파헤쳐보지만
그러나 슬프게도! 석연하게 그 광맥을 파헤친 사람은
아무도 없다.
우리는 몇천 갈래 길에 서보았고,
길목마다 정신과 힘을 보았다.
그러나 단 한 순간도 우리 본연의 길에 서보지도,
본연의 자아를 만난 적도 없다.
우리의 가슴을 통해 흐르는 그 숱한 이름 모를 감정 중에
단 한 가닥도 표현해낼 능력이 없었다.

하여, 그 감정들은 표현을 찾지 못한 채 영원히 흐르고 있다.

긴 세월 헛되이 우리는 숨겨진 자아를 좇아
말하고 행동하고자 한다. 우리의 말과 행동은 웅변이며
그럴싸하지만, 아, 그건 진실은 아니다!
그리하여 우리는 이 같은 내면의 투쟁에
더는 시달리고자 하지 않는다.
속절없는 순간을 향해 요청한다.
몇천 가지 무위한 행위를,
그것을 망각하고 마비시킬 힘을.
아, 그러면 그 순간 즉각 응해서 우리를 마비시키는 것이다.
그러나 아직도 이따금, 몽롱하게 그림자처럼
끝없이 아득한 어느 왕국에서 오듯
영혼의 깊은 현실에서
미풍과 부유하는 메아리가 찾아와
우리의 날들에 우수를 더해준다.
다만, 아주 드문 경우지만
어느 사랑하는 이의 손길이 우리의 손에 놓일 때,
무한한 시간이 광채를 띠고 몰려와
녹초가 되어

우리 눈이 상대 눈의 말을 읽어낼 수 있을 때,
세상사에 귀 막은 우리 귀에
사랑하는 이의 목소리가 애무하듯 울려올 때,
그때에는 우리 가슴속 어디에선가 빗장 열리는 소리가 들리고,
오랫동안 잊었던 감정의 맥박이 다시 뛰게 된다.
눈은 고요해지고, 가슴은 평온해지며,
우리는 하고자 하는 말을 하게 되고
원하는 것이 무엇인지 알게 된다.
인간은 자기 생명의 흐름을 보게 되고
굽이치는 속삭임을 듣게 되며, 생의 강물이 흘러가는 초원을, 태양과 미풍을 느낀다.

날아 도망치는 그림자 같은 휴식을 잡으려고
영원한 추격을 벌이는 인간의 치열한 경주에
마침내 휴식이 찾아온다.
이제 서늘한 바람이 얼굴을 스치고,
낯선 고요가 그의 가슴에 번진다.
그럴 때 그는 안다고 생각한다.
자신의 생명을 잉태한 언덕과
그 생명이 흘러갈 바다를…….

여섯 번째 회상

다음 날 아침 일찍 누군가 문을 두들겼다. 문 두드리는 소리가 나더니, 궁중 고문관인 늙은 의사가 들어섰다. 그는 작은 도시의 모든 주민의 친구이자 정신 및 육체를 돌봐주는 사람이었다. 그는 2대에 걸쳐 주민들의 성장을 지켜봐 온 것이다. 그가 출산을 봐주었던 아이들이 어느새 아버지와 어머니가 되었고, 그는 그들 모두를 자기 자식처럼 여겼다.

아직 독신이었지만, 그는 고령인데도 불구하고 변함없이 정정하고 미남이라 부를 만한 외모와 건장한 풍채도 여전했다. 지금 내 기억 속에 남아 있는 그의 모습은 어린 시절에 본 그대로였다.

맑고 투명한 눈이 숱처럼 많은 눈썹 밑에서 빛났고, 머리칼은 백발이 성성했지만, 아직도 젊은 기운이 그대로 있어 탱탱한 곱슬머리가 구불구불 윤기가 돌았다. 은장식이 달린 구두, 흰 양말, 언제 봐도 새것 같으면서도 항상 똑같은 것을 걸친 듯한 갈색 윗도리 등을 나는 잊을 수 없다. 또 지팡이는 어릴 적 나의 맥을 짚든가 처방전을 써줄 때 내 침대 곁에 세워두곤 했던 바로 그것이었다.

나는 잦은 병치레를 했다. 하지만 번번이 금세 회복된 것은 그 의사에 대한 나의 믿음 덕분이었다. 그 의사가 나를 낫게 해주리라는 점을 나는 눈곱만치도 의심한 적이 없었다. 나보고 병을 고치러 의사한테 가라고 하시던 어머니의 말씀은, 내게는 마치 찢어진 바지를 수선시키러 재봉사한테 보내겠다는 소리와 다름없이 들렸다. 약을 먹기만 해도 당장 낫는 느낌이었다.

"요즘 어떻게 지내나?"

방으로 들어오면서 의사가 물었다.

"안색이 별로 좋지 않군. 너무 지나치게 공부하면 안 돼. 아무튼 오늘은 길게 수다 떨 시간이 없네. 내가 온 것은, 다시는 후작 따님을 찾아가지 말라고 부탁하러 온 걸세. 나는 어제 밤새도록 마리아를 지켰다네. 그건 자네 탓이야. 그러니 그녀의 목숨을 소중히 생각한다면 다시는 마리아를 방문하지 말게. 가능한 한 빨리 마리아를 시골로 가라고 해야겠어. 자네도 얼마간 여행이라도 하는 게

좋겠지. 자, 그럼 잘 있게. 그리고 내 말을 꼭 지켜주게."

그는 내 손을 잡더니 약속이라도 받으려는 듯 선한 눈으로 그윽하게 바라보다가 어린 환자들을 돌보러 갔다.

타인이 느닷없이 내 영혼의 비밀 속으로 깊숙이 침투했다는 것, 나 자신도 모르고 있던 것까지 알고 있다는 것이 몹시 당황스러웠다. 그래서 의사가 벌써 큰길로 나섰을 때야 비로소 생각을 가다듬기 시작했다. 나의 마음속은 벌써 불 위에 올려져 있었는데 잠잠하게 달아올랐다가 돌연 끓기 시작하는 물처럼 갑자기 부글부글 끓어올라 급기야는 넘쳐 흐르는 듯했다.

그녀를 다시 못 만난다니! 나는 진정 그녀 곁에 있을 때만 살아 있음을 느낀다. 그녀에게 아무 말도 걸지 않고, 그녀가 잠들어 있을 때 가만히 창가에 서 있기만 해도 되는데…….

그런데 두 번 다시 그녀를 만나지 못한다고? 작별 인사조차 할 수 없단 말인가? 그녀는 알 리가 없다. 내가 자기를 사랑한다는 사실을 알 턱이 없다.

아, 나는 그녀를 사랑하는 것은 아니다. 나는 그녀를 탐하지 않는다. 아무것도 희망하지 않는다. 실로 그녀 곁에 있을 때처럼 내 심장이 평온히 뛰는 적이 없지 않은가. 하지만 나는 그녀가 곁에 있음을 느끼지 않고는 견딜 수가 없다. 그녀의 영혼을 호흡하지 않고는 참을 수 없다. 그녀에게 가야만 한다!

그녀는 나를 기다릴 것이다. 운명이 아무런 목적도 없이 우리 둘을 만나게 했단 말인가? 내가 그녀의 위안이 되고, 그녀가 나의 안식이 되어선 안 된단 말인가? 인생이란 장난이 아니다. 두 영혼의 만남이, 소용돌이치는 열풍이 모았다가 흩어버리는 저 사막 모래알의 만남과 같을 수는 없지 않은가. 행운을 마주치게 한 우리의 영혼을 꼭 붙잡지 않으면 안 된다.

그 영혼들은 우리를 위해 점지된 것이니까. 그것을 위해 살고 싸우며 죽어갈 용기만 갖고 있다면, 어떤 힘도 우리에게서 그 영혼을 빼앗아가지 못한다. 그 나무 그늘에서 그토록 행복한 꿈을 꾸다가 첫 번째 뇌성에 놀라 나무를 떠나가듯, 이제 내가 이렇게 그녀의 사랑을 떠나버린다면, 필시 그녀는 나를 경멸할 것이다.

바로 그때 갑자기 내 마음속이 조용해지며, 다만 '그녀의 사랑'이라는 말만 귓가에 쟁쟁하게 남았다. 스스로 흠칫 놀랄 만큼 그 말은 내 마음 온 구석구석에서 메아리처럼 울렸다. '그녀의 사랑', 내가 그녀의 사랑을 받을 수 있을까? 실상 그녀는 나에 대해 잘 모른다. 설혹 그녀가 나를 사랑할 수 있다 하더라도, 나는 천사의 사랑을 받을 만한 자격이 없음을 그녀에게 내 입으로 고백해야 하지 않을까?

창공으로 비상하려 하지만 자신을 둘러싼 새장을 못 보는 새처럼, 내 마음속에 떠오른 온갖 생각과 희망은 후루룩 떠올랐다가 절망에 부딪힌 새처럼 땅으로 떨어지곤 했다.

아, 모든 행복이 이토록 가까이 있는데, 어째서 나는 그곳에 닿을 수 없단 말인가! 기적이라는 것도 있지 않은가.

신은 매일 아침 기적을 행하시지 않는가? 내가 믿음에 찬 기도를 올리며 신을 향해 간절히 매달리면, 결국 신은 내 기도를 가끔 들어주시지 않았는가?

우리가 갈구하는 것은 세속적 재화가 아니지 않은가. 우리는 다만 서로를 발견하고 알아볼 두 영혼이 손을 잡고 마주 바라보며, 이 짧은 지상의 여행을 같이하도록 허락해달라는 것뿐, 그래서 여행이 끝날 때까지 나는 그녀의 병고의 지팡이가 되고, 그녀는 내게 위안이나 사랑스러운 배려자로 머물기를 기원할 뿐이다. 그리고 뒤늦게라도 그녀의 생에 또 한 번의 봄이 찾아오고, 그녀의 고통이 덜어진다면!

아, 너무나 아름다운 정경이 눈앞에 펼쳐진다.

티롤에 있는 아름다운 성, 돌아가신 그녀의 어머니의 성이었지만 지금은 그녀의 소유다. 푸른 산에서 신선한 공기를 쐬며, 건강하고 소박한 주민들 틈에서 복잡하게 물려 돌아가는 세상사와 세속의 근심과 싸움질에서 동떨어진 채, 질시와 비판의 눈초리도 없는 곳에서 우리는 얼마나 복된 평안에 잠겨 생의 저녁노을처럼 조용히 소멸해갈 수 있을까?

저 멀리 눈 덮인 봉우리를 품고 있는 검은 호수와 살아 있는 듯 명멸하는 호수와 잔물결이 눈앞에 펼쳐졌고, 내 귀에는 양 떼의 방울 소리와 목동들의 노랫소리가 들려왔다. 또 총을 멘 포수들이 산을 넘어가는 모습, 저녁이면 마을에 모여드는 노인들과 젊은이들을 보았다.

어디를 가든 마리아는 평화의 천사처럼 축복을 뿌렸고, 물론 나는 그녀와 함께하는 친구요, 안내자였다. '넌 정말 바보로구나. 바보, 멍청이!'라고 나는 소리쳤다. 바보 같은 녀석! 어쩌면 네 마음은 여전히 그토록 미개하며 나약한 마음을 지녔단 말이냐! 정신 좀 차려라. 주제를 알아야지. 너와 그녀가 얼마나 동떨어진 신분인지를 생각해봐라.

그녀는 상냥하고, 타인의 마음속에 자신을 비춰보기를 좋아한다. 하지만 그녀의 어린애같이 붙임성 있고 스스럼없는 태도야말로 그녀 마음에 너에 대해 별나게 깊은 감정이 깃들어 있지 않음을 여실히 보여주는 게 아니냐.

너는 여름밤에 홀로 밤나무 숲을 거닐 때, 달이 모든 나뭇가지와 잎새에 고루 은빛을 뿌리고 있는 것을 본 적이 없느냐? 어둡고 탁한 연못의 물에 자신을 비추고, 아무리 작은 물방울일지라도 그 속에 자기를 담아내는 달을 본 적이 없느냐. 그런 달과 마찬가지로 그녀의 눈빛도 너의 어두운 인생에 빛을 뿌리고 있다. 그러므로 너 역시 그녀의 포근한 빛을 네 가슴에 품어도 좋다. 그러나 그 이상의 따뜻한 눈빛을 기대해서는 안 된다.

그때 별안간 그녀의 얼굴이 생생하게 내 눈앞에 나타났다. 기억 속의 형상이 아니라 하나의 환영처럼 그녀는 내 앞에 서 있었다. 그때 비로소 처음으로 나는 그녀가 얼마나 아름다운가를 진실로 깨달았다.

그것은 예쁜 소녀의 경우처럼 첫눈에 우리 눈을 부시게 하지만 얼마 안 가 봄날 꽃처럼 흩날려 가는, 그런 색채와 형태의 아름다움이 아니었다. 그녀의 아름다움은 오히려 모든 본질이 조화된 모습이라 할 수 있었다. 하나하나의 움직임이 진실이요, 전체가 정신화된 표현이며, 육체와 정신의 완전한 융합으로써 그것을 바라보는 이에게 행복감을 주었다.

자연이 아낌없이 분배하는 아름다움은, 인간이 그것을 자기 것으로 하지 않으면, 즉 노력하여 쟁취하지 않거나 받아들일 자격이 없거나 부족한 자격을 극복하지 못하면 결코 만족을 주지 않는다.

여배우가 여왕 의상을 입고 무대로 나오는데 걸음을 떼어놓을 때마다 그 의상이 결코 그녀에게 어울리지 않으며, 그것이 자기 것이 아님을 드러내듯이, 오히려 모욕이 되고 말 뿐이다. 진정한 아름다움이란 기품이 있어야 한다. 기품이란 육체적이고 세속적인 모든 어려움을 정신적인 것으로 승화함을 의미한다.

정신은 추한 것을 아름답게 바꾼다. 내 앞에 서 있는 환영을 관찰할수록 나는 그 환영이 머리끝에서 발끝까지 풍기는 고귀한 아름다움을, 그 온 존재에 비치는 영적 깊이를 알아보았다. 오, 나에게 이런 축복이 오다니.

하지만 이것은 내게 행복의 절정을 맛보여주고 나서, 나를 인생의 영원한 사막으로 팽개치는 과정에 불과했다! 오, 이 땅에 얼마나 엄청난 보물이 감추어져 있는지를 차라리 몰랐더라면 좋았을 것을!

아, 단 한 번 사랑하고 나서 영원히 고독해져야 한단 말인가! 단 한 번 믿고 나서 영원히 절망해야 한다니! 한 번 빛을 보고 나서 영원히 장님이 되고 말다니! 이것은 엄연한 고문이다. 인간이 행하는 여타 모든 고문도 이 고문에 비하면 실로 아무것도 아닐 것이다.

이렇듯 내 생각은 꼬리에 꼬리를 물고 뻗어갔다. 그러다가 마침내 모든 것이 잠잠해지고, 소용돌이치던 잡다한 상념들도 차츰 모여 자리를 잡았다. 이러한 안정과 고요를 일컬어 사람들은 명상이라 부른다.

그러나 이것은 관찰과 같다. 온갖 사념이 뒤섞이도록 시간을 허용하면, 마침내 그것들은 저절로 영원한 법칙에 따라 결정체가 된다. 이 같은 과정을 화학자처럼 관찰할 때, 여러 요소가 융합해 하나의 형태를 획득한다. 그러면 그것들도 또 우리 자신도 전혀 예기치 않았던 의외의 물체를 만들고는 한다.

내가 이 같은 관찰 상태에서 깨어나 가장 먼저 꺼낸 첫마디는 "여행을 가야겠다."라는 것이었다. 나는 곧바로 책상 앞에 앉아 의사에게 편지를 썼다. 2주간 여행하겠으니 모든 뒷일을 부탁한다는 내용이었다. 부모님께 둘러댈 말은 얼마든지 있었다. 그리하여 나는 저녁 무렵에는 벌써 티롤로 향하고 있었다.

일곱 번째 회상

친구와 손을 잡고 티롤 지방의 산과 계곡을 거니는 것은 삶의 활기와 기쁨을 되찾는 더없이 좋은 휴양이다. 그렇게 산책하면 좋았던 길이었는데……. 똑같은 길이라 해도 외로이 상념에 젖어 그곳을 거니는 것은 부질없는 시간 낭비이며 남는 건 피로뿐이다.

저 푸른 산과 어두운 계곡, 푸른 계곡과 세찬 폭포가 내게 무슨 소용이 있단 말인가? 내겐 그것들을 감상할 여유가 없다. 오히려 그것들이 나를 보며 외로운 내 모습을 의아하게 여기는 것만 같았다.

온 세상에 내 곁에 있기를 원하는 단 한 사람을 잃은 채 이렇게 혼자라는 사실이 가슴을 조여들게 했다.

이러한 생각과 더불어 나는 매일 아침잠에서 깨어났고, 자산도 모르게 계속 흥얼거리게 되는 노래처럼 그 생각들은 온종일 나를 쫓아다녔다. 온종일 걷고 또 걷다가 해가 져서야 숙소에 들어서 지친 몸을 주저앉히면, 방에 있던 사람들의 시선이 내게로 모이며 외로운 방랑자의 행색을 의아하게 바라보았다. 그러면 나는 혼자가 되고 싶어 다시 아무도 없는 어둠 속으로 나갔다가 밤이 이슥해서야 살그머니 돌아와 내 방으로 몰래 기어 올라가 후텁지근한 침대에 몸을 눕히곤 했다. 잠이 들 때까지 슈베르트의 가곡 〈그대 없는 곳에 행복이 있네〉의 멜로디가 가슴에서 울렸다. 어디를 가도 부딪히는 것은 찬란한 자연을 즐기며 환호하고 웃어대는 무리였다. 이런 무리에 부딪히는 것을 아무래도 참을 수가 없어, 나는 낮에는 잠을 자고, 밝은 달빛에 기대어 이리저리 헤매는 쪽을 택했다. 그럴 때면 최소한 나의 괴로운 상념을 몰아내고 생각을 다른 데로 돌리게 하는 어떤 감정이 있었다. 그것은 공포감이었다.

한번 길도 모르는 산속을 밤새도록 혼자 헤매어보라. 그러면 누구나 눈이 비상하게 민감해지고, 도저히 알아볼 수 없는 먼 곳의 형체까지 시야에 들어온다. 귀는 병적으로 긴장하여 어디서 들려오는지도 모를 잡다한 소리를 알아듣는다. 발은 바위 사이로 불거져 나온 나무뿌리에 차이거나 폭포의 물보라에 젖은 길에서 미끄러지기도

하는 것이다. 그러다 보면 가슴에 남아 있는 것은 위안받을 길 없는 황량함뿐, 우리를 따스하게 해줄 기억도, 매달릴 희망도 없다.

이런 등산을 해본 사람은 차가운 밤의 전율을 안팎으로 느낄 것이다. 인간의 마음에 생겨나는 최초의 공포는 신에게서 버림받는 일일 것이다. 하루하루의 생활은 그 공포를 몰아낸다. 신의 형상에 따라 창조된 인간들이 외로움에 빠진 우리를 위로해주기 때문이다.

그러나 인간의 위로와 사랑마저 저버리면, 우리는 실로 신과 인간 모두에게 버림받는다는 것이 어떤 것인지를 절감하게 된다. 그렇게 되면 말 없는 자연도 우리에게 위안이 아니라 공포가 되는 것이다.

예컨대 아무리 단단한 바위를 디디고 섰더라도, 그 바위는 우리에게 그것이 생성되기 전 태고의 모습으로, 바닷속 먼지로 되돌아갈 것처럼 여겨진다. 우리의 눈이 빛을 찾는데, 마침 전나무 숲 뒤로 떠오른 달이 환한 암벽에다 뾰족뾰족한 나무 그림자들을 던져준다. 그러면 우리에게 한때 태엽을 감아주었던 달이 죽어버린 시계의 멈춘 바늘처럼 보인다. 별들조차, 광활한 하늘조차, 외로이 버림받아 떨고 있는 한 영혼에 안식처를 주지 않는다.

다만 한 가지, 우리에게 때로는 위안을 주는 것이 있

다. 그것은 자연의 고요, 무한성, 질서, 오묘함 그리고 그 필연성이다.

여기, 폭포가 잿빛 바위 양편으로 검푸른 이끼를 뒤덮어 놓은 곳, 그 서늘한 그늘 속에서 우리의 눈은 모두 한 송이 물망초를 발견했다. 그 물망초는 모든 갯가에, 지상의 모든 초원에 피어 있는 천지창조의 아침 이래 끊임없이 만발하며 이 땅 위에 뿌려졌던 몇백만 송이의 들꽃 가운데 한 송이에 불과하다. 그러나 꽃잎의 섬세한 줄기, 꽃받침에 모인 꽃가루, 뿌리에 뻗은 섬유질의 한 올 한 올은 한결같이 헤아려져 정해진 수치나 지상의 어떤 힘도 그것을 늘리지도 줄이지도 못하는 법이다.

우리의 흐리멍덩한 눈을 밝게 하여 초인적인 힘으로 자연을 깊이 들여다보면, 현미경으로 씨앗과 꽃봉오리와 꽃의 소리 없는 공장들을 관찰하면, 그 섬세하기 이를 데 없는 조직과 세포 안에서 무한히 반복되는 형태를 발견하며, 미세한 섬유 조직에 들어 있는 자연 설계의 영원한 불변성을 보게 될 것이다.

만약 우리가 이보다도 더 깊이 투시할 수 있다면, 우리의 시선이 닿는 곳마다 이와 같은 형태의 세계가 다가와 우리는 마치 거울로 둘러싸인 요지경 속에 들어선 듯 그 무한성에 갈피를 잡지 못할 것이다. 이 작은 꽃송이 안에 이토록 무한한 세계가 담겨 있다.

그리고 또 창공을 보라. 거기에도 영원한 질서가 자리 잡고 있지 않은가. 위성은 행성 주위를, 행성은 항성 주위를, 항성은 또 다른 항성 주위를 돌고 있다. 한층 더 예리한 망원경이라면 저 아득한 성운까지도 아름다운 신세계로 보일 것이다. 생각해보라, 저 장엄한 별들이 부침했다가 지기를 반복하는 역사를. 별들의 운행은 사계절을 낳고, 물망초 씨앗을 거듭거듭 싹트게 하며, 세포가 열려 꽃잎이 돋아나게 하고, 마침내 초원의 양탄자 위를 꽃으로 아름답게 수놓는다.

푸른 꽃받침 속에서 꼬물거리고 있는 딱정벌레를 보라. 그것들이 알에서 나와 생명을 얻고 활기차게 생명의 호흡을 하는 것은 꽃의 세포 조직이나 생명 없는 천체의 기구보다 몇천 배는 놀랍지 않은가. 자연의 그런 무한함 속에 자신이 속해 있음을 느낀다면, 함께 운행하고 함께 살다 함께 시들어가는 무한한 피조물에 관한 생각으로 위안받게 될 것이다.

가장 작은 것에서 가장 큰 것까지 지혜와 힘을 지니고, 그 생성의 기적과 기적의 현존을 모두 포괄하는 이 총체란, 결국 저 어느 한 존재의 작품이 아니겠는가. 그 존재란 네 영혼이 무서워 뒷걸음치는 존재가 아니라 그 앞에서 너의 나약함과 무상함을 느끼고 꿇어 엎드리며, 그의 사랑과 자비심을 느껴 다시금 그를 향해 네가 일어서는 그런 존재다. 꽃의 세포나 별의 세계, 딱정벌레의 생명보다 훨씬 더 무한하고 영원한 것이 당신 안에 있음을 진정으로 느낀다면—마치 그림자 같은 너의 내부에 영원한 분의 광채가 두루 비침을 인식한다면—너의 내면과 너의 발밑 그리고 머리 위에서 반영에 불과한 너를 존재로 만들며, 너의 불안을 평안으로, 너의 고독을 보편으로 화하게 하는 실재자의 편재를 느낀다면, 그때는 너는 알게 되리라. "창조주 아버지시여, 당신의 뜻이 하늘에서 이루어진 것같이 땅에서도 이루어지게 하옵시며, 땅에서 이루어진 것같이 내게도 이루어지게 하옵소서."라고 생의 어두운 밤 속에서 네가 부르는 대상이 누구인지를 깨닫게 될 것이다.

그러면 너의 마음과 주변이 밝아지고 새벽의 어둠이 차가운 안개와 더불어 흩어지며, 새로운 따스함이 진동하는 자연 속을 관류할 것이다. 너는 다시는 놓치지 않을 손길을 찾아낼 것이다. 그 손은 산이 흔들리고 달과 별이 사라질지라도 너를 부축해 찾아낼 것이다.

네가 어디에 있거나 그는 네 곁에 있을 것이며, 너 역시 그의 곁에 있을 것이다. 그는 영원히 네 곁에 있을 것이다.

꽃과 가시를 포함한 이 세계의 모든 것이 그의 것이고, 슬픔과 고뇌를 뭉뚱그려 인간의 주인이시다.

'신의 뜻이 아니면 아무리 하찮은 일이라도 네게 일어나지 않느니라.'

이러한 온갖 상념에 젖으며 나는 계속 길을 걸었다. 순간순간 나의 마음은 밝게 갰다 어두워지곤 했다. 우리가 비록 마음속 깊은 곳에서는 안식과 평안을 찾았다 해도 이 성스러운 은둔의 생활에 고요히 머문다는 것은 얼마나 어려운 일인가. 우리는 안식과 평안을 발견한 뒤에도 곧잘 많은 부분을 다시 망각하며 안식과 평안으로 되돌아갈 길을 알지 못할 때가 자주 있기 때문이다.

몇 주일이 흘렀다. 그녀에게서는 아무런 소식도 없었다. '어쩌면 그녀는 이미 영원한 안식을 찾아갔는지도 모른다'라는 말은 내 입가에 뱅뱅 돌며 아무리 떨치려 해도 다시 돌아오는 또 다른 노래였다. 그건 있을 수 있는 일이었다. 의사 말로는, 그녀는 심장병을 앓고 있으며, 자기도 매일 아침 그녀에게 갈 때마다 이미 그녀가 세상을 떠났을 수도 있다는 각오를 한다고 했었다.

하지만 그녀와 작별 인사도 못 한 채, 그녀를 사랑한

다는 고백도 못 한 채 그녀가 세상을 떠나버린다면, 그런 나를 스스로 용납할 수 있을까?

그녀를 뒤쫓아가, 저승에서라도 그녀를 다시 만나 그녀도 나를 사랑하고 있으며 나를 용서한다는 말을 듣지 않고 견딜 수 있을까? 아, 인간은 왜 이다지도 삶을 유희하는 것일까. 하루하루가 마지막 날일 수도 있으며, 잃어버린 시간은 곧 영원의 상실임을 생각하지 않고, 왜 이렇듯 자신이 행할 수 있는 최선의 것과 누릴 수 있는 최고의 아름다움을 하루하루 미룬단 말인가.

그러자 내가 마지막 만났을 때 의사가 하던 말이 생생하게 떠올랐고, 나의 돌연한 여행의 결심은 단지 의사에게 내가 강하다는 것을 과시하려는 것이었음을, 이곳에 머물러서 그에게 나의 나약함을 고백하기가 힘들었기 때문임을 깨달았다.

비로소 모든 것이 분명해졌다. 내가 당장 해야 할 일은 한시바삐 그녀에게 되돌아가 하늘이 우리에게 주신 모든 것을 감수해야 함을 깨달았다. 그러나 돌아갈 작정을 하자마자 문득 '가능한 한 빨리 마리아를 시골로 가게 해야 한다'라는 의사의 말이 생각났다. 그녀 자신도 여름이면 대개 자신의 성에서 지낸다고 말한 적이 있었다. 어쩌면 그녀는 내가 있는 곳에서 아주 가까운 곳에 와 있을지도 모른다.

하룻길이면 그녀에게 갈 수 있다. 생각이 여기에 미치자 나는 당장 길을 떠나지 않을 수 없었다. 동이 트자 출발한 나는, 저녁때는 벌써 그녀의 성문 앞에 서 있었다.

그날 저녁은 유난히도 고요하고 밝았다. 산봉우리들이 저녁노을을 받아 풍요로운 황금빛으로 빛났고, 산 중턱은 보랏빛으로 물들어 있었다. 계곡에서 회색 안개가 올라와 차츰 높은 지대로 떠오르면서 갑자기 환해지더니 구름바다처럼 하늘로 물결쳐 올랐다.

이 모든 다채로운 색조는 살랑거리는 어두운 호수의 물결에 그대로 담겨 있었고, 호숫가의 산들은 위로 높이 치솟았는가 하면 호수 아래로 물구나무를 섰다. 나뭇가지 끝, 교회의 뾰족탑, 집집이 솟아오르는 저녁연기들만이 현실 세계와 호수에 비친 세계를 구분해주었다.

나의 눈은 오로지 한 지점에 고정되어 있었다. 그곳은 내 예감에 마리아가 와 있을 것 같은 고성이었다. 하지만 불이 켜진 창문은 하나도 보이지 않았고 저녁의 정적을 깨는 발소리 하나 들려오지 않았다.

내 예감이 틀린 것일까? 나는 천천히 첫 번째 성문을 통과하여 계단을 올라 성의 안마당에 들어섰다. 거기엔 보초가 이리저리 왔다 갔다 하고 있었다. 나는 그 보초한테 달려가, 성에 누가 와 있느냐고 물었다.

"후작 따님과 하인들이 와 있소."

보초병의 짧은 대답이 끝나기도 전에 나는 이미 현관 앞에 서서 초인종을 누르고 있었다. 그때 문득 정신이 들면서 내가 하는 행위에 생각이 미쳤다.

내가 지금 무슨 짓을 벌이고 있는가! 여기엔 나를 아는 이가 아무도 없고, 내가 누구라고 말할 수도 없지 않은가. 게다가 몇 주일 동안 산속을 헤매고 난 터라 나의 외양은 꼭 거지 행색이었다. 뭐라고 말해야 하지? 누구를 찾아야 하지? 그러나 그런 생각을 미처 정리할 틈도 없이 문이 열리더니 단정한 제복을 입은 남자가 나와 의아스러운 눈길로 나를 바라보았다.

나는 그녀 곁을 떠나지 않고 시중을 드는 영국인 하녀가 성에 와 있느냐고 물었다. 남자가 그렇다고 대답하기에, 나는 종이와 펜을 달라고 부탁해서 후작 따님께서 어떻게 지내시는지 궁금하여 들렀다고 적어주었다.

남자는 하인을 불러 편지를 갖고 올라가게 했다. 그가 긴 복도를 뚜벅뚜벅 걷는 소리가 들렸다. 그렇게 기다림의 시간이 흐를수록 점점 내 처지가 참을 수 없이 초라하게 느껴졌다.

벽에는 후작가의 조상들을 그린 초상화가 걸려 있었

다. 완전무장한 기사들, 전통 복장을 한 여인들, 가운데에는 붉은 십자가를 가슴에 늘어뜨린 흰 수녀복 차림의 여인의 초상화가 걸려 있었다.

이제껏 나는 이런 초상화를 퍽 자주 보아 왔다. 하지만 그 그림의 주인공 가슴에서도 한때 인간의 심장이 뛰고 있었으리라고는 한 번도 생각해본 적이 없었다. 그런데 지금 갑자기 그들의 모습에서 모든 뜻을 읽을 수 있을 듯한 느낌이 들었고, 그들 모두가 나를 향해, '우리도 한때 살아 있었고, 우리도 한때 괴로워했느니라'라고 말하는 것만 같았다. 이 철갑의 무장 밑에서도 어느 때는 지금 내 가슴속처럼 비밀들이 감추어져 있었으리라. 또 이 흰 수녀복과 붉은 십자가는 그 주인공의 가슴에서도 지금의 내 가슴속에서 벌어지는 듯한 치열한 갈등이 있었다는 산 증거가 아니겠는가. 그러자 그들 모두가 동정 어린 시선으로 나를 보는 듯한 느낌이 들었다. 하지만 곧 그들은 다시금 오만한 표정으로 되돌아가며 '너는 우리에게 속해 있지 않아'라고 말하는 듯했다.

이렇게 갈수록 참담한 기분에 빠져드는데, 갑자기 나직한 발소리가 들렸고 나를 멍한 꿈에서 깨워주었다. 영국인 하녀가 계단을 내려와 나를 방으로 안내했다. 나는 혹시나 이 여인이 내 마음속에서 벌어지는 일을 눈치채고 있지 않나 싶어 그녀를 살폈다. 하지만 그녀의 표정은 태연하고 침착했다. 눈곱만치도 관심을 드러내거나 의아해하는 기색 없이 차분한 어조로, 후작 따님께서는 오늘 한결 상태가 나아지셔서 반 시간쯤 뒤에 나를 만나고자 하신다고 말했다.

훌륭한 수영 선수는 바다 멀리까지 헤엄쳐 나가기를 겁내지 않는다. 그는 팔에 점점 힘이 빠지는 것을 느낄 때야 비로소 되돌아갈 생각을 한다. 그러고는 아득히 먼 곳의 해안에는 감히 시선을 던지지 못하고 허겁지겁 파도를 가른다. 팔을 한 번 휘두를 때마다 힘이 빠져나가는 것을 느끼면서 그는 그 사실을 인정하려고 들지 않는다. 그러고는 마침내 맹목으로 허우적거리며 자신의 처지를 거의 의식할 수 없는 상황에 이른다. 이때 갑자기 그의 발이 땅에 닿고 그의 팔은 해변의 아무 바위나 움켜잡게 된다. 영국인 하녀의 말을 들었을 때 내 기분이 바로 그러했다. 새로운 현실이 나를 맞고 있었다.

지금까지의 괴로움은 한 자락의 꿈이었다. 이 같은 순간을 맞는 경우는 인간의 생에서 극히 드문 법이다. 수많은 사람이 이 같은 환희를 모르고 죽어간다. 하지만 첫아이를 처음으로 품에 안은 어머니, 공을 세우고 전쟁터에서 돌아오는 외아들을 맞는 아버지, 자기 나라 국민의 갈

채를 받는 시인, 애인에게 사랑의 손을 내밀었을 때 그보다 더 뜨거운 응답의 악수를 받는 청년, 그들은 꿈이 이루어졌을 때의 환희를 안다.

반 시간쯤 지나자 하인이 와서 긴 복도 끝에 있는 방으로 나를 안내했다. 저녁의 어스름한 빛 속에 하얀 자태가 보였다. 그리고 그녀의 머리 위로 난 높은 창문으로는 호수와 노을 진 산들이 흐릿하게 보였다.

"참 기이한 만남이지."

그녀의 맑은 목소리가 내게 울려왔다. 그 한마디 한마디는 무더운 여름 땡볕 뒤의 시원한 빗방울 같았다.

"기이한 만남이 있는가 하면 기이한 헤어짐도 있지."

나는 그녀의 손을 잡으며 말했고, 그 순간 우리가 다시 만나 함께 있음이 온몸으로 느껴져 왔다.

"그렇지만 서로 헤어지는 것은 인간 자신의 탓이야."

그녀가 말을 이었다. 여전히 멜로디처럼 말을 반주하는 듯한 그녀의 목소리는 한결 부드러운 어조로 바뀌었다.

"그래. 그건 맞는 말이야. 그나저나 몸은 좀 어때? 내가 이렇게 앉아 얘기를 나누어도 괜찮은 거야?"

나는 물었다.

"사랑하는 친구여."

그녀는 웃음 지으며 말했다.

“너도 알다시피 나는 늘 아프지, 뭐. 내가 좀 기분이 낫다고 말하는 것은 순전히 저 의사 선생님을 위해서 하는 말이야. 사실 그분은 내가 태어나면서부터 지금까지 이렇게 살아 있는 것이 오로지 자신과 자신의 의술 때문이라고 확신하고 계시거든. 이번에 저 수도에 있는 성을 떠나기 전에 나는 그분을 정말 깜짝 놀라게 해드렸어. 어느 날 저녁인가 내 심장의 고동이 멎어버렸거든. 이제 다시는 심장이 회생하지 못할 거라고 여길 만큼 나 자신도 무척 겁이 났었어. 어쨌든 이건 지나간 얘기지만. 무엇 때문에 이런 얘기를 할 필요가 있겠어? 다만 한 가지 내 마음을 우울하게 하는 것이 있어. 나는 항상 언제고 평화로이 눈을 감을 수 있다고 믿었어. 그런데 지금은 나의 병고가 이승과의 하직마저 아주 힘들게 할 것 같은 느낌이야.”

그녀는 자신의 가슴에 손을 얹고 잠시 멈췄다가 말을 이었다.

“그런데 어디 갔었어? 얘기 좀 해줘. 어째서 그렇게 한 번도 소식을 전하지 않았어? 의사 선생님은 너의 갑작스러운 여행에 대해 이런저런 이유를 늘어놓으셨어. 그래서 나는 결국 그분에게 당신 말을 못 믿겠다고 말했어. 그랬더니 나중에는 정말 믿을 수 없는 이유를 털어놓으시지 않겠어? 무슨 이유였는지 알아? 글쎄…….”

“그 이유는 믿을 수 없는 것으로 보일 수도 있겠지.”

나는 그녀가 그 말을 입 밖에 내지 않게 하려고 얼른 말을 막았다.

“그렇지만 그 이유는 사실이었을 거야. 하지만 아무려면 어때, 이제 다 지나간 일인 것을. 지금 이런 얘기를 해봤자 무슨 소용이 있지?”

“그렇지 않아. 어째서 그것이 지나간 얘기란 거지? 그 의사 선생님이 너의 돌연한 여행의 궁극적 이유를 말해줬을 때, 나는 그분더러 당신들 둘 다 이해할 수 없다고 말했어. 나는 병들고 외로운 여인이야. 그러니까 지상에서의 나의 삶이란 서서히 죽어가는 것에 불과해. 그런 내게 만약 하늘이, 나를 이해하는 사람, 그 의사 선생님 말대로 나를 사랑하는 사람을 내게 보내셨다면, 왜 굳이 나와 그의 평화를 훼방하는 거지? 의사 선생님이 그 같은 고백을 했을 때, 나는 내가 좋아하는 늙은 시인 워즈워스(1770~1850, 영국의 계관 시인)의 시를 읽던 참이었지. 그래서 의사 선생님께 이렇게 말했어.

‘선생님. 우리는 너무나 많은 생각을 품고 있지만 그것을 표현할 어휘는 조금밖에 갖고 있지 못해요. 그래서 한마디 한마디에 수많은 생각을 담아내지 않을 수 없지요. 만에 하나 우리를 모르는 사람이 그 젊은 친구가 나를 사랑한다는 소리를, 내가 그를 사랑한다는 소리를 듣는다고 쳐보세요. 그 사람들은 얼른 로미오가 줄리엣을, 줄리엣이 로미오를 사랑하고 있다고 생각할 거예요. 그렇다면 저보고 그래서는 안 된다고 하신 선생님의 말씀은 지당한 얘기가 되겠지요. 그렇지만 선생님, 선생님도 저를 사랑해주시고, 저도 선생님을 사랑하고 있지 않아요? 벌써 오래전부터 저는 선생님을 사랑하면서도 아마 한 번도 그런 얘기를 털어놓은 적이 없을 거예요. 하지만 그렇다고 해서 저는 절망하거나 불행했던 적은 한 번도 없어요.

말이 나온 김에 몇 마디만 더 얘기할게요. 선생님께서는 저에게서 불행한 사랑을 느끼고 계신 거예요. 그래서 저의 젊은 친구를 질투하고 계신 거랍니다. 선생님께서는 저의 상태가 괜찮아진 것을 알면서도 매일 아침 어김없이 오셔서 어떠냐고 꼭 물으셨어요. 선생님 집 정원의 가장 예쁜 꽃도 가져오시고요. 제 사진도 달라고 하셨지요?

그리고 이 말은 안 하려고 했는데, 지난 일요일에 제 방에 들어오셨을 때 제가 잠든 줄 아셨죠? 잠을 자고 있기는 했어요. 최소한 꼼짝도 할 수가 없었으니까요. 그렇지만 저는 보았어요. 선생님께서 제 침대 곁에 앉아 꼼짝하지 않고 저를 응시하셨던 것을요. 그때 저는 선생님의 그 눈빛이 얼굴에 닿아 어른거리는 햇빛처럼 느꼈지요. 그런데 급기야 선생님의 눈빛이 흐려졌어요. 그리고 저는 그 눈에서 눈물방울이 떨어지는 것을 알고 있었지요.

선생님은 두 손으로 얼굴을 가린 채 크게 흐느끼며, '마리아, 마리아!' 하고 제 이름을 부르셨어요. 선생님, 저의 젊은 친구는 그렇게까지 하지 않았어요. 그런데도 선생님은 그를 멀리 떠나게 하셨군요.'

나의 말버릇이 늘 그렇듯이, 농담 반 진담 반으로 이렇게 얘기하고 나서 나는 이 말이 의사 선생님의 마음을 몹시 상하게 했음을 깨달았어. 그분은 입을 꽉 다물고 어린애처럼 부끄러워하셨어. 그때 나는 마침 읽고 있던 워즈워스 시집을 집어 들고 말했지.

'여기 제가 사랑하는, 진심으로 사랑하는 노인이 또 한 분 있답니다. 이 시인은 저의 마음을 잘 이해하고 저도 그분을 이해하고 있어요. 그렇지만 우리는 지금껏 만난 적도 없고 앞으로도 영영 못 만날 거예요. 이 세상의 일이 다 그렇죠.

이분의 시 한 편을 읽어드릴게요. 시를 들으시면 선생님도 사랑하는 법을 깨닫게 되실 테고, 사랑하는 남자가 사랑하는 여인의 머리를 쓰다듬으며 조용히 축복하고 행

복한 슬픔을 간직한 채 길을 떠나는 것이 어째서 사랑인지 아시게 될 거예요.'

그러고 나서 나는 그분에게 워즈워스의 〈산속의 소녀〉를 읽어드렸어.

자, 저 램프를 좀 이쪽으로 당겨놓고 이 시를 다시 읽어줄래? 나는 이 시를 들을 때마다 기분이 좋아지거든. 이 시에는 눈 덮인 산의 순결한 품을 향해 사랑과 축복의 팔을 벌리는, 저 고요하고 무한한 저녁노을 같은 정신이 깃들어 있어."

나의 영혼을 울리는 그녀의 느리고 잔잔한 목소리를 듣고 있노라니 나의 가슴도 느리고 잔잔해졌다. 폭풍은 지나갔다. 그리고 그녀의 모습이 은빛 달처럼 잔잔하게 물결치는 나의 사랑의 파도 위로 둥실 떴다. 나의 사랑. 하지만 사랑이란 만인의 심장을 타고 흐르는 대양이 아닌가. 그래서 누구든 저마다 그것을 자신의 사랑이라고 부르지만, 실은 온 인류에게 생명을 주는 맥박이다. 저 바깥으로는 점점 정적과 어둠이 깃드는 대자연이 우리 눈앞에 펼쳐져 있었다. 나는 그 대자연처럼 아무 말도 하지 않은 채 묵묵히 있고 싶었다. 하지만 그녀가 책을 주는 바람에 시를 읽어 내려갔다.

〈산속의 소녀〉

윌리엄 워즈워스

사랑스러운 산속의 소녀여,
이 지상에서 그대가 갖는 혼수(婚需)는 봇물 터지듯
터지는 네 아름다움!
칠 년이 두 번 지난 삶의 모든 재산을,
아낌없이 네 머리에 뿌렸구나.
여기 회색 바위들, 저기 정겨운 잔디,
베일을 막 반쯤 드리운 나무,
잔잔한 호숫가에서
혼잣말을 되뇌며 쏟아지는 폭포수,
이 자그마한 계곡, 그대의 보금자리를
아늑하게 감싸주는 저 조용한 산길,
그리고 현실 속의 그대는 꿈이 만들어낸 마법 같구나.
세속의 번뇌가 잠들었을 때,
은신처에서 살그머니 내미는 형상들이여!
그대, 아름다운 이여!
그 흔한 햇살을 받으면서 이렇듯 성스럽게 빛나는 너.
비록 환영에 지나지 않을지라도, 내 너에게 축복을
보내노라.

인간의 깊은 가슴으로 축복해주마,
마지막 날까지 그대 곁에 신의 가호 있기를.
나 그대 모르고, 너의 이웃도 그대를 모르나,
내 눈에는 눈물이 가득 고이는구나.

내 멀리 떠날 때
뜨거운 마음으로 너를 위해 기도하리라.
이토록 지순함 속에서 성숙하며
인정과 친근미를 주는
표정, 얼굴을
일찍이 내 어디서 만났으랴.
바람에 날리어 흩어진 씨앗처럼
세상과 동떨어진 이곳에 사는 그대,
그런 네게 짐짓 새침 부리고 당황하는 표정이며
처녀 같은 수줍음이 무슨 필요가 있으랴.
그대의 반듯한 이마에는
산 사람의 자유로움이 투명하게 씌워져 있다.
기쁨 기득한 그 얼굴!
인간의 온정에서 우러나는 포근한 웃음!
당연히 어울림이 있는 그대로
너의 몸가짐을 지배하는구나.

내겐 아무 거침이 없다, 다만 네 안에서
분수처럼 격렬하게 솟구치는
상념들을, 네 빈약한
어휘들이 잡지 못할 뿐.
훌륭히 견디어온 구속,
네 태도에 우아함과 생기를 주는 투쟁!
바람을 열렬히 사랑하는 새들이
바람을 맞으며 날개를 퍼덕이는 것처럼
나는 감동하지 않을 수 없구나.
그렇게 맞바람을 치며 오르는 거다.

이토록 아름다운 순결한 그대에게
어떤 손이 꽃다발 엮기를 마다할까!
오, 이 얼마나 가없는 기쁨이냐!
이곳 히스 관목 무성한 골짜기에서
너와 함께 지낸다면!
오, 얼마나 아름다운 행복이랴!
네 소박한 생활을 좇아 살며, 입으며
나는 양치기, 너는 양치기 소녀!
그러나 이 엄숙한 현실보다 더한
한 가지 소망을 너를 위해 이루고 싶다.

그대는 내겐 거친 바다의
한 줄기 파도, 할 수만 있다면
네게 원하는 게 있다.
하기야 그건 평범한 이웃의 청에 지나지 않는 것.
네 목소리를 듣고 너를 바라볼 수 있는 것이
얼마나 큰 기쁨인지!
너의 오빠라도 좋고, 아버지라도 좋다.
아니 너를 위해 세상 무엇이라도 되고 싶다.
이제 나는 신에게 감사한다! 이 외딴곳으로
나를 안내해준 그 은총에.
나는 큰 기쁨을 맛보았고, 이제 이곳에서
풍요한 보상을 안고 떠난다.
이런 곳에서라면 우리는
기억을 존중할 줄 알게 된다.
기억이 눈을 갖고 있음을 느끼게 된다.
그럴진대, 왜 내가 떠나기를 꺼리는가.
나는 이곳이 소녀를 위해 마련된 장소임을 느낀다.
생이 지속되는 한 이 장소는
지난날과 똑같이 새로운 기쁨을 주리라는 것을.
아름다운 산속 소녀야,
하여, 나는 기꺼이 흐뭇한 마음으로

너를 떠나련다.

내 백발에 이르도록

지금 내 눈앞의 전경을

똑같이 아름답게 볼 수 있음을 알고 있기에

저 호수와 계곡과 물보라 이는 폭포,

작은 오두막,

그리고 모든 것의 정령인 그대!

지금 내 눈에 보이는

변함없이 아름다우리라는 것을 알고 있기에!

나는 읽기를 끝마쳤다. 이 시는 마치, 예전에 내가 종종 나뭇잎으로 떠서 마셨던 시원한 샘물처럼 느껴졌다. 그때 그녀의 부드러운 목소리가, 꿈을 꾸는 듯한 기도에서 우리를 깨워주는 오르간의 첫 음처럼 울려왔다.

"나는 너와 의사 선생님이 바로 이 시에 그려진 것처럼 나를 사랑해주기를 바랐어. 바로 이 시에서처럼 우리는 서로 사랑하고 믿을 수 있기를 바랐지. 그런데 세상은, 물론 나는 세상을 잘 모르지만, 이런 사랑과 믿음을 이해하지 못하는 것 같아. 우리가 얼마든지 행복하게 살아갈 수도 있었을 이 땅을 인간들이 우울한 곳으로 만들고 있어.

옛날에는 달랐던 것 같아. 그렇지 않다면 어떻게 호메로스가 '나우시카' 같은 사랑스럽고 건강하며 섬세한 인물을 만들어낼 수 있었겠어? 나우시카는 오디세우스를 보고 첫눈에 반해 사랑하게 되었지. 그래서 친구들에게 속마음을 고백하지.

'저런 분이 내 남편이 되어 여기 머물려고 하신다면 얼마나 좋을까?'

그런데도 오디세우스랑 당장 거리에 나타나기를 부끄러워하면서, '당신처럼 늠름하고 훌륭한 이방인을 집으로 데려가면 사람들이 남편을 데려왔다고 할 것'이라고 그에게 대놓고 털어놓지. 이 모든 행동이 얼마나 아름답고 자연스러운지……. 하지만 오디세우스가 처자가 있는 고향으로 돌아가고 싶다고 말했을 때, 나우시카는 아무런 불평도 없이 어디론가 떠나버렸지. 아마 그 여자는 그 늠름하고 훌륭한 이방인의 모습을 소리 없는 기쁨으로 찬탄하며 오래오래 가슴에 새기고 있었을 거야.

그런데 요즘 시인들은 왜 이런 사랑을 모를까? 이처럼 환희에 찬 고백과 조용한 이별을!

근대의 어느 시인은 나우시카에서 '베르테르'라는 인물을 만들어버렸어. 요즘 우리에겐 사랑이 결혼이라는 희극이나 비극의 전주곡에 지나지 않기 때문이야. 정말 다른 종류의 사랑은 진정 없는 걸까? 이 같은 순수한 행복의 샘은 아주 말라버린 걸까? 사람들은 우리를 취하게만 하는 술 같은 사랑만 알 뿐, 신선한 원기를 주는 샘 같은 사랑이 있다는 걸 모르는 걸까?"

이 말을 듣자 내게는 워즈워스의 다음과 같은 시구가 떠올랐다.

이 믿음이 하늘에서 온 것이라면,
그것이 자연의 거룩한 계획이라면,
인간이 인간을 어떻게 만들어놓든,
탄식할 이유가 없다네.

"참으로 시인들은 얼마나 좋을까?"

그녀가 말했다.

"시인들의 언어는 몇천의 영혼 안에서 침묵하는 저 가장 깊은 곳의 감정을 표현해주잖아. 그들의 노래가 가장 감미로운 비밀의 고백이 된 예가 얼마나 많았는지! 시인의 심장은 가난한 자의 가슴에서도 부자의 가슴에서도 고동치지. 행복한 이들은 시인과 더불어 노래하고, 슬픈 이들은 시인과 더불어 눈물짓는 거야. 하지만 워즈워스처럼 완전히 나의 감정을 그대로 표현해주는 시인은 없는 것 같아.

하긴 그를 좋아하지 않는 친구들도 있는데, 그들은 워즈워스가 시인이 아니라고 말하지. 워즈워스는 전통적인 시인의 상투어며 과장법, 이른바 시적 감흥이라고 하는 모든 것을 피하니까. 그렇지만 바로 그런 요소가 내가 이 시인을 좋아하는 점이야.

그는 진실을 말하지. 그리고 진실이라는 이 한마디에 무엇이든 다 들어 있는 거야! 그는 초원에 핀 들국화처럼 우리 발밑에 놓인 아름다움에 눈을 뜨게 하는 거야.

그는 만물의 본래 이름을 그대로 부르고, 누구도 놀라게 하거나 현혹하려 하지 않아. 찬탄을 받으려고 애쓰지도 않지. 그는 다만 우리의 손이 탐하여 움켜쥐거나 꺾어 갖지 않는 모든 것이 얼마나 아름다운가를 사람들에게 알려주고 있어.

풀줄기 위에 맺힌 이슬방울이 금반지 속에 박힌 진주보다 더 아름답지 않니? 어디선지 모를 곳에서 우리를 향해 졸졸 흘러오는 살아 있는 샘물이 베르사유 궁전의 인공 분수보다 더 경이롭지 않아? 이 시인의 〈산속의 소녀〉가 괴테의 헬레나나 바이런의 하이디보다 더 사랑스럽고 아름다운 것 같아. 그가 쓰는 어휘의 평범함과 친근함, 그리고 그 안에 담긴 순수한 사랑…….

독일에 이 같은 시인이 없다는 게 얼마나 슬픈 일인지! 실러가 만약 고대 그리스인이나 로마인에게 기대지 않고 자기 자신을 더 신뢰했다면 우리의 워즈워스가 되지 않았을까 싶어. 만약 뤼케르트(1788~1866, 독일의 동양학자이자 시인) 역시 초라한 조국을 등지고 『동방의 장미』에서 고향과 위안을 구하지 않았다면 아마 워즈워스에 가장 가까운 시인이 되었을 텐데 말이야. 있는 그대로의 자신이 되는 용기를 지닌 시인은 실로 드문데, 워즈워스는 그런 용기를 갖고 있었어.

위대한 사람들의 경우 우리가 즐겨 귀 기울이는 것은 그들의 위대한 이야기가 아니라, 보통 사람들처럼 자기네의 사상을 길러, 무한으로 통하는 새로운 전망이 열릴 투명한 순간까지 참을성 있게 기다렸음을 알기 때문이지.

그래서 나 역시 누구나가 말할 수 있는 얘기를 담고 있는 워즈워스의 시를 더욱 좋아하는 거고, 위대한 시인은 결코 평정을 잃지 않는 법이지. 호메로스의 시를 읽다 보면, 단 한 줄의 아름다움도 담지 않은 시구들이 백 줄씩 계속되는 부분이 있어. 단테도 역시 마찬가지고, 그런가 하면 핀다로스(B.C.518~B.C.446, 그리스 시인) 같은 시인은 모두의 찬사를 받지만, 나는 그 시인의 열광적인 문구 때문에 오히려 신뢰를 잃었어.

아무리 힘들더라도 언젠가는 꼭 호수 지방에서 여름을 보내며, 워즈워스가 시에서 노래한 장소들을 일일이 찾아보고, 그의 시 덕분에 도끼날을 면한 모든 나무를 직접 보고 싶어. 인사를 할 수 있다면, 한 번이라도 그가 노래했던, 아마 그림으로라면 터너밖에 표현하지 못했을, 저 멀리 해가 지는 광경을 바라보고 싶어."

그녀의 어조는 실로 독특했다. 질문이 아닌 이상 보통 사람들처럼 말꼬리가 내려가지 않고 반대로 올라가서 마치 7도 화음의 의문문으로 맺어지는 것 같았다. 그녀는 항상 사람들에게 올려서 말했지 내려서 말하는 법이 없었다. 그 가락은 마치 어린아이가 "아빠, 그렇지 않아요?" 라고 물을 때와 같이 들렸다. 이런 그녀의 어조에는 간청하는 듯한 무엇이 있어서, 상대방으로서는 뭐라고 반대의 말을 하기가 어려웠다.

"워즈워스는 나도 좋아하는 시인이라고 생각해."

나는 입을 뗐다.

"인간으로서의 그를 더 좋아하지. 힘들이지 않고 오른 작은 언덕이 천신만고로 몽블랑을 올랐을 때보다 더 아름답고 풍요하며 생생한 전망을 보여줄 때가 있다고들 말해. 워즈워스의 시가 내게는 바로 그런 동산 같아.

나도 처음에는 이 시인이 너무 진부해 보여서 곧잘 그

의 시를 읽다 도중에 그만둔 경우가 종종 있었고, 어떤 연유로 이렇다 하는 오늘의 영국 지성들이 그를 그렇게 격찬하는지 의아했었어.

하지만 어느 나라 언어를 쓰는 시인이든 자기의 국민이나 그 민족의 정신적 귀족층에게 인정받는 시인이라면 우리도 감상할 수 있을 거라는 확신이 들었어. 감동이라는 것도 배워야 하는 기술이거든.

종종 많은 독일인이 라신(1639~1699, 코르네유, 몰리에르에 이어 프랑스 고전 비극의 완성을 이룬 극작가)이 우리 마음에 안 든다고 말해. 또 영국인들은 괴테를 이해할 수 없다고 말하며, 프랑스인들은 셰익스피어를 광대라고 부르는데 이런 말들은 무엇을 뜻할까? 그것은 마치 어린아이가 자기는 베토벤의 교향곡보다 왈츠곡이 더 좋다고 말하는 것과 같은 거야.

찬탄의 기술이란, 각기 민족이 자기 나라의 위대한 인물들에게서 찬탄하는 대상적 요소를 찾아내어 이해하는 일이야. 그리고 무릇 아름다움을 추구하는 사람이라면, 페르시아 사람들도 그들의 하피스(1320?~1389, 페르시아의 시인. 자연의 아름다움, 특히 고향을 찬양하는 시를 주로 씀)를 잘못 이해하고 있고, 인도 사람들 역시 그들의 칼리다사(5세기경 인도의 최고 시인)를 제대로 알지 못해. 위대한 인물을 단번에 이해하기란 어려운 거니까 그들을 이해하기 위해서는 힘과 용기와 끈기가 필요한 법이지. 첫눈에 마음에 든 것은 이상하게도 그 매력이 오래가지 못하잖아."

"하지만."

그녀가 내 말을 끊었다.

"페르시아 사람이든 인도 사람이든, 기독교인이든 이교도든, 로마인이든 게르만인이든 지상의 모든 위대한 시인, 참된 예술가, 인물들에게는 공통점이 무엇이라고 설명할 수 없는 일이지만 아무튼 뭔가 공통된 부분이 있어. 아무튼 그들 뒤에는 어떤 영원한 것이 있는 것 같아. 영원을 투시하는 눈이며, 하찮은 것과 무상한 것을 신격화시키는 것일 거야. 위대한 이교도 시인인 괴테도 '하늘로부터 내려오는 감미로운 평화'를 알고 있었지."

산봉우리마다 깃든
안식
미풍 한 점 없는
나뭇가지들.
숲속 새들도 숲속에서 노래를 그쳤으니
기다리라. 그대 또한
곧 안식을 취하리니.

"이렇게 그가 노래할 때 높다란 전나무 위로 광대무변하게 펼쳐진 넓은 하늘에는, 지상의 삶이 줄 수 없는 안식이 가득했을 것 같지 않아? 워즈워스의 경우는 이런 특별한 배경에서 벗어난 적이 없었어. 특별한 눈과 힘을 늘 가지고 있었지. 그를 비웃는 이들이 뭐라 하든, 그것은 우리 눈에 보이지 않지만, 인간의 마음을 끌고 감동을 주는 것은 초지상적인 것뿐이야. 미켈란젤로(1475~1564, 르네상스 시대 이탈리아의 조각가 화가 건축가 시인) 이상으로 지상의 아름다움을 잘 이해했던 사람이 또 어디에 있을까? 그가 그럴 수 있었던 것은, 그에겐 지상의 아름다움이 곧 초월적인 아름다움의 반영이었기 때문이야. 그 사람의 〈소네트〉를 너도 알고 있지?"

〈소네트〉

미켈란젤로

아름다움이 나를 몰아 하늘을 향하게 한다.
(세상에 내 마음에 드는 것이 아름다움 말고 무엇이 있으리.)
그러면 나는 현존의 몸으로 영(靈)의 전당으로 들어선다.
죽어야만 하는 인간에게 이 얼마나 드문 축복이랴!

작품 안에는 이렇듯 창조주가 자리하고 있어,

나는 작품의 영감을 받아 창조주를 향한 순례의 길을 떠난다.

아름다움에 취한 내 마음을 움직이는,

그 숱한 생각들을 형태로 만들기 위하여,

이렇듯 나는 알고 있다. 내 저 아름다운 눈에서 시선을 떼지 못함은,

신의 낙원으로 가는 길을 비추는 광채가

그 눈에 깃들어 있기 때문임을.

그 눈의 광채를 받아 나의 가슴이 타오르면

내 고귀한 불꽃 속에는

하늘을 다스리는 온화한 기쁨이 찬연히 반영된다.

그녀는 기운을 잃었다는 듯이 아무 말도 하지 않았다. 나는 그녀의 침묵을 깰 수 없었다. 서로의 생각들을 허심탄회하게 주고받은 후 흐뭇한 느낌으로 입을 다문 상태를 사람들은 종종 '천사가 하늘을 날고 있는 것'에 비유하는데, 실제로 평화와 사랑의 천사가 살그머니 날갯짓하는 소리를 머리 위에서 들은 것 같았다. 또 내 시선이 그녀에게 머무는 동안, 그녀의 사랑스러운 자태도 여름

밤 어스름 빛 속에서 성스럽게 변용되는 느낌이 들었다. 다만 내 손에 잡혀 있는 그녀의 손만이 현실감을 주었다.

그때 갑자기 그녀의 얼굴 위로 환한 빛 한 줄기가 비쳤다. 그녀도 빛을 느낀 듯 눈을 반짝 뜨더니 의아하다는 듯 나를 보았다. 반쯤 감긴 속눈썹이 베일처럼 덮고 있는 그녀의 신비스러운 안광이 밝게 빛났다.

나는 주변을 둘러보았다. 마침 만월이 성 주변의 두 언덕 사이로 서서히 떠올라 호수와 온 마을을 아름다운 미소로 비춰주었다. 그토록 아름다운 자연, 그토록 아름다운 그녀의 얼굴을 나는 일찍이 본 적이 없었다. 이토록 행복한 평화가 내 마음에 흐른 적은 없었다.

"마리아."

나는 나도 모르게 그녀의 이름을 부르고 말았다.

"이처럼 내 마음이 깨끗해진 순간에, 있는 그대로 온 마음으로 사랑을 고백하게 해줘. 우리가 초월적인 것을 가장 가까이 느끼고 있는 바로 이 순간에, 우리 두 사람의 영혼을 하나로 묶어 다시는 헤어질 수 없도록 하자. 사랑이 어떤 것이든 간에, 마리아, 나는 널 사랑해. 그리고 너는 나의 것이라고 여기고 있어. 왜냐하면 나는 당신의 것이기 때문이야."

나는 그녀 앞에 무릎을 꿇은 채 감히 그녀의 눈을 바

라보지도 못하고 있었다. 다만 내 입술이 그녀의 손에 조심스레 키스했다. 그러자 그녀는 처음에는 잠깐 망설이더니 급기야 단호히 손을 거두어들였다. 눈을 들어 보니 그녀의 얼굴에 고통스러운 표정이 서려 있었다. 그녀는 한동안 침묵을 지키다가 마침내 깊은 한숨을 토해내며 몸을 일으키고는 입을 열었다.

"오늘은 이만 됐어. 너는 내게 고통을 주었어. 그렇지만 그건 다 내 탓이야. 창문을 좀 닫아줄래? 낯선 사람의 손이 내 몸을 건드린 것처럼 소름이 돋아서 그래. 내 곁에 있어줘. 아니, 안 되겠구나. 돌아가야 하지? 안녕……, 잘 가. 하느님의 평화가 우리와 함께하기를 기도해줘. 우리 또 만나. 응? 내일 저녁에……, 기다릴게."

아, 천국과 같은 평화로움은 돌연 어디로 사라진 걸까? 나는 그녀가 괴로워하는 모습을 보았다. 내가 할 수 있는 것이라고는 얼른 떠나는 길뿐이었다. 영국인 하녀가 불려왔고, 그리고 나는 어두운 마을 길을 터벅터벅 홀로 걸었다.

나는 한참 동안 호숫가를 서성거렸다. 조금 아까까지도 그녀와 같이 있던 불 켜진 창을 하염없이 바라보았다. 마침내 성의 마지막 불빛도 꺼졌고 달은 점점 높이 솟아올라, 그 선경 같은 조명을 모든 첨탑과 지붕 밑 방의 창,

낡은 성벽을 신비롭게 밝히고 있었다.

그곳 밤의 고요한 정적 속에 나는 홀로 서 있었고 나의 머리는 제 임무를 거부하고 있는 듯했다. 어떤 생각을 해도 결론에 닿을 수 없었다. 다만 이 세상에 완전히 혼자 버려졌고, 나를 상대해줄 누구도 없다는 것만 느끼고 있었다. 지구는 무슨 관처럼 보였고, 검은 하늘은 관을 덮는 보자기 같았다. 나 자신이 살아 있는지 죽었는지조차 알 수 없었다.

나는 문득 별들을 보았다. 별들은 반짝거리는 눈을 뜨고 차분히 자기 궤도를 돌고 있었다. 그 별들은 오직 인간을 비추고 위로해주려고 존재하는 듯했다. 이어서 어두운 하늘에 뜬 별 두 개를 상상해보았다. 순간 나도 모르게 감사의 기도가 내 마음에서 흘러나왔다.

나의 천사를 향한 감사의 기도였다!

마지막 회상

잠에서 깨어나 창밖을 보니 태양은 벌써 중천이라 방을 훤히 비추고 있었다. 저것이 바로 엊저녁 것과 같은 태양이란 말인가? 떠나가는 친구처럼 아쉬운 눈빛으로 우리의 영혼의 결합을 축복하듯 바라보고 나서 사라지는 희망처럼 침몰해간 그 태양이란 말인가.

그렇지만 지금 태양은 우리의 즐거운 잔치를 축하하려고 방으로 뛰어드는 어린아이 같지 않은가! 또한 지금의 나는 불과 몇 시간 전만 해도 만신창이가 된 심신을 침대에 던졌던 그와 바로 같은 인물이란 말인가! 지금의 나는 예전의 생의 용기와 신에 대한 신뢰, 또 나 자신에 대한 신뢰를 회복하고 있고, 이 신념이 신선한 아침 공기처럼 생기와 활력을 불어넣고 있지 않은가!

만약 잠이라는 것이 없다면 인간은 어떻게 될까? 밤마

다 찾아오는 이 정령이 우리를 어디로 끌고 가는지 모른다. 밤마다 우리의 눈을 감기면서 그가 아침이면 우리의 눈을 다시 뜨게 해주리라고, 우리를 우리 자신에게 되돌려준다고 그 누가 보증할 수 있단 말인가? 최초의 인간이 이 낯선 친구에게 자신을 맡길 때는 실로 깊은 용기와 믿음이 필요했을 것이다.

우리의 천성에는 우리가 믿어야 하는 것을 믿게 하고 그것에 몸을 맡기게 하는 거부할 수 없는 어떤 힘이 들어 있는 듯하다. 만약 그렇지 않다면, 아무리 피로하다 해도 자발적으로 눈을 감고 이 알지 못할 꿈의 나라로 발을 들여놓을 수는 없을 것이다. 우리의 무력감과 피로감은 우리에게 더욱 높은 힘에 대한 신뢰감과 만물의 조화로운 질서에 기꺼이 귀의할 용기를 준다. 그리고 깨어서든 잠을 잘 때든, 비록 잠시나마 우리의 자아에다 영원한 자아를 묶어놓고 있는 사슬을 풀어버릴 때, 생기와 활력이 되돌아옴을 느끼는 것이다.

어제, 도망치는 저녁 안개처럼 내 머리를 몽롱이 스쳐갔던 일들이 갑자기 생생히 떠올랐다. 마리아와 나는 서로에게 속해 있음을 나는 느끼고 있었다. 오빠와 누이처럼이든, 아버지와 자식처럼이든, 약혼한 남녀 사이든 어쨌든 우리는 영원히 헤어져서는 안 되는 관계였다. 문제는 우리가 더듬대는 말로 '사랑'이라고 부르는 그것의 올바른 이름을 찾아내야 했다.

너의 오빠라도 좋고
너의 아버지라도 좋다.
아니, 너를 위한 세상 무엇이라도 되고 싶다.

바로 이 '무엇'에 대한 이름을 찾아내야만 했다. 세상은 이름 없는 것을 인정하지 않으므로 무엇에 붙일 이름을 찾아야만 했다.

그녀 자신도 나를 사랑한다고 하지 않았던가. 모든 다른 사랑의 원천인 순수하고 전인적인 사랑으로 나를 사랑한다고 하지 않았던가. 그렇다면, 내 편에서 그녀에게 나의 혼신의 사랑을 고백했을 때, 그녀는 어째서 놀라고 당황했을까? 하지만 그런 그녀의 태도가 그녀의 사랑에 대한 나의 마음을 흔들어놓을 수는 없었다.

어차피 우리 자신의 마음속이 불가사의한 것투성이인데, 왜 인간의 영혼 안에서 벌어지는 것을 모조리 알려고 하는가? 자연에서든, 사람의 속마음에서든, 자신의 가슴속에서든 우리를 가장 매료시키는 것은 해명할 수 없는 것들 천지가 아닌가. 이해되는 인간, 해부용 표본처럼 눈에 보이는 태엽을 지닌 인간들 앞에서는 수많은 소설에 나오는 주인공의 경우처럼 우리는 냉담하게 된다. 만사를 해명하려 들면서 내면의 기적을 일체 부인하는 윤리적 합리주의자들이야말로 생명과 인간에 대한 기쁨을 망치는 자들이다. 어느 존재 안에나 운명이니 영감이니 성격이니 하고 이름 붙일 수 있는 풀어지지 않는 요소가 있는 법이다. 이처럼 영원히 남는 요소를 인정치 않고, 인간의 행동거지를 분석할 수 있다고 믿는 자들이야말로 저 자신은 물론 인간을 모르는 위인들이다. 이렇게 해서 나는 어제저녁에 절망했던 모든 것에 대해 알기를 깨끗이 체념했다. 그러자 이제 내 미래의 하늘을 흐리게 할 먹구름은 한 조각도 남지 않았다.

한결 가벼워진 기분으로 비좁은 집을 빠져나와 밖으로 나왔을 때, 한 심부름꾼이 편지 한 통을 내게 전해주었다. 예쁘고 차분한 필체로 보아 편지는 다름 아닌 사랑하는 마리아에게서 온 것이었다. 나는 숨 쉴 틈도 없이 편지를 뜯었다. 인간이 바랄 수 있는 최대의 아름다운 행복이 그 안에 들었을 것이라 기대하면서. 그러나 내 모든 기대는 산산이 부서지고 말았다.

편지에는 내일 고향에서 손님이 오기로 했으니 오늘은 찾아오지 말아달라는 부탁만이 적혀 있었다. 안부를 묻는 다정한 한마디 말도, 자신의 상태에 대한 소식도 없이! 다만 편지 끝에 '내일은 궁중 고문관이신 의사 선생님께서 오시기로 한 날이야. 그러니까 모레까지 안녕'이라는 추신이 붙어 있을 뿐이었다.

이것은 내 인생의 노트에서 느닷없이 이틀 분량이 찢겨 나가는 일이었다. 차라리 아주 뜯겨 나간 것이라면 좋으련만. 그런데 그것이 아니었다. 그 이틀은 감옥의 함석 지붕처럼 내 머리 위에 걸려 있었다. 이 시간 역시 살아내지 않으면 안 되었다. 이 이틀을 무슨 적선처럼, 옥좌를 차지하고 있는 날을, 사원 입구 댓돌 위에 앉아 있을 날을 기꺼이 이틀쯤 연장하고 싶어 할 왕이나 거지에게 희사할 수도 없지 않은가!

나는 한동안 망연히 앞을 바라보다가 언뜻 내가 했던 아침 기도를 상기했다. 절망보다 더한 불신은 없으며, 생의 아무리 크거나 작은 일이라도 모두 신의 위대한 계획의 일부다. 그러니 아무리 힘이 들더라도 우리는 그것에 순종해야 한다고 나는 자신에게 말하지 않았던가. 눈앞의 낭떠러지를 본 기사처럼 나는 고삐를 뒤로 힘껏 잡아당겼다. 그러고는 '그래야 한다면, 그래야겠지!'라고 속으로 외쳤다. 어쨌든 하느님이 만드신 이 땅은 불평과 비탄을 하는 장소가 아니다.

그녀가 손수 적은 몇 자의 흔적을 손에 쥔 것만으로도 행복한 일이 아니냐? 곧 그녀를 만나게 된다는 희망이야말로 지금껏 내가 누렸던 그 어느 행복보다 큰 것이 아니겠는가?

'머리를 항상 물 위에다 내어놓아라!' 인생을 헤엄쳐 가는 모든 수영 선수는 그렇게 말한다. 그러나 힘이 빠져 눈과 목구멍으로 물이 자꾸만 들어온다면, 계속 머리를 밖으로 내기 위해 허우적거리는 것보다 차라리 물속으로 단번에 빠져버리는 편이 낫다. 생활 속 잡다한 사고를 당할 때마다 줄곧 신의 섭리를 생각하기란 힘이 드는 일이다. 또 투쟁이 닥칠 때마다 범속한 일상에서 빠져나와 신이 계신 곳으로 다가간다는 것은 주저되는 일이며, 아마 그 주저함은 당연한 일일 것이다. 그럴 때 삶은 우리에게 의무는 못 될망정 예술로라도 보여야 하지 않을까. 이를테면 괴롭거나 손해를 볼 때마다 원망해대는 망나니 아이처럼 꼴불견이 어디 있을까? 그보다는 눈물이 고인 눈에 어느새 기쁨과 천진의 빛이 반짝이는 아이의 모습이 훨씬 아름답지 않은가. 봄비를 맞아 떨고 있다가도 햇볕이 뺨의 눈물을 말려주는 새에 어느덧 다시 꽃피어 향기를 발하는 꽃송이처럼.

이 같은 운명인데도, 이틀 후에는 그녀와 더불어 살 수 있을 듯한 훌륭한 생각이 곧 떠올랐다. 벌써 나는 그녀가 내게 했던 사랑스러운 말들, 흉금을 트고 펴 보인 갖가지 훌륭한 생각을 기록해놓고 싶었다. 우리가 공유했던 아름다운 시간에 대한 회상과 한결 더 아름다운 앞날에 대한 희망 속에서 이틀이 흘러갔다.

나는 수기를 쓰며 그녀 곁에서, 그녀와 함께 있었으며, 그녀 안에서 살았다. 그러면서 그녀의 손을 잡고 있었을 때보다 더 가까이 그녀의 사랑과 정신을 느꼈다.

그 이틀 동안 적은 글들이 지금에 와서 내게 얼마나 소중한가. 얼마나 여러 번 이것을 읽고 또 읽었던가. 그렇다고 내가 그녀가 한 말을 한마디라도 잊었을 수도 있었다는 얘기는 아니다. 이 흔적은 나의 행복을 증언해준다. 이 안에는 침묵으로 웅변 이상을 말해주는 친구의 눈길 같은 무엇이 감추어져 나를 보고 있다.

지나가버린 행복을 회상하는 것, 지나가버린 괴로움을 회상하는 것, 우리를 속박했던 모든 것이 사라지는 먼 과거 속으로, 이미 오래전에 지하에 잠든 자식의 풀 덮인 무덤 위로 쓰러지는 어머니처럼 이를 향해 몸을 던진다. 어떤 희망이나 소망도 이 고요한 침잠을 막지는 못하리라. 이를 우리는 아마 애수라고 부를 것이다. 그러나 이 애수에는 행복이 깃들어 있다. 이 애수를 아는 이는 오로지 뼈저리게 사랑하고 고뇌해본 자들뿐이리라.

지난날 시집올 때 머리에 썼던 면사포를 딸의 머리에 씌워주면서 오래전에 사별한 남편을 생각하는 어머니에게 지금 기분이 어떠냐고 물어보라. 죽음이 갈라놓은 사랑하는 소녀에게서 그녀가 죽은 뒤 소년 때에 자기가 그녀에게 보냈던 마른 장미꽃을 받아 든 남자에게 지금 무엇을 느끼느냐고 물어보라. 그들은 둘 다 눈물을 흘릴 것이다. 그러나 그들의 눈물은 고통의 눈물도 기쁨의 눈물도 아니다.

그것은 인간이 신에게 바치는 제물로서의 눈물이다. 그들은 신의 사랑과 지혜를 믿으면서 자신의 가장 소중한 것이 고요히 사라져가는 것을 바라본다.

이제 다시 회상으로 과거의 현재로 돌아가자. 이틀은 금세 지나갔다. 행복한 재회의 순간이 다가올수록 나는 온몸을 떨었다. 첫째 날에 나는 도시에서 온 마차와 기사들이 성에 도착하는 것을 보았다. 성은 많은 손님으로 북적댔다. 깃발들이 지붕 위에 펄럭이고 성의 뜰에선 음악이 울렸다. 저녁이 되자 호수에는 유람선이 떴고, 남자들의 노랫소리가 물결 너머로 들려왔다. 나는 가만히 귀를 기울여 들었다. 왜냐하면 그녀 역시 창을 통해 그 노래에 귀를 모으리라 생각했기 때문이다.

둘째 날에도 성은 여전히 북적대다가 오후가 되어서야 손님들은 떠날 채비를 했고 저녁 늦게 나는 궁중 고문관의 마차마저 혼자 시내를 향해 떠나는 모습을 보았다. 그러자 더는 참을 수가 없었다. 그녀가 혼자 있다는 것을, 그녀도 나를 생각하며 내가 오기를 원한다는 것을 알고 있는데, 악수조차 한 번 않고 이별을 고통을 말하지도 못하고, 내일 아침은 우리를 깨워 새로운 행복으로 안내할 것이라고 그녀에게 말을 하지 못한 채 또 하룻밤을 보내야 한단 말인가! 그녀의 창문에 불이 켜진 것이 보였다.

왜 그녀는 혼자 있어야 하는가? 왜 나는 한순간이라도 그녀의 존재를 느껴서는 안 되는가? 어느 틈에 나는 성에 다가서 있었다. 그리고 초인종을 잡아당기려는 순간 문득 멈춰 서며 스스로에게 말했다. 아니야! 약하게 굴지 마! 밤도둑처럼 부끄럽게 그녀 앞에 설 테냐? 내일 아침 일찍, 전장에서 돌아오는 장군처럼 당당하게 그녀 앞에 서는 거다. 지금 그녀는 그 장군의 머리에 씌워줄 사랑의 관을 엮고 있을 것이다.

아침이 왔고, 나는 그녀에게 갔다. 현실의 그녀 곁으로 그녀에게 갔다.

육체 없이도 정신이 존재할 수 있다는 듯이 말하지 말

라! 완전한 존재, 완전한 의식, 완전한 기쁨은 오로지 정신과 육체가 합쳐졌을 때 비로소 가능하다. 그것은 정신이며, 정신의 육체인 것이다. '나'인 곳에만 있을 수 있다. 육체가 없는 정신은 유령에 지나지 않으며 정신이 없는 육체는 시체일 뿐이다.

들판에 핀 꽃에 정신이 없다고 할 수 있을까? 그 꽃은 그 생명과 현존을 부여하고 지켜주시는 신의 뜻, 곧 창조주의 정신으로 세상을 본다. 그것이 바로 꽃의 정신인 것이다. 인간의 경우에는 언어로 정신을 표현하지만, 꽃의 경우에는 침묵할 뿐이다. 실재하는 삶이란 어디에서든 육체적, 정신적 삶이고, 실재하는 향유란 어디에서든 육체적, 정신적 향유다. 또한 실재하는 만남이란 어디에서든 육체적, 정신적 만남이다. 그녀 앞에 서서 실제로 그녀 곁에 있게 되자, 그토록 행복하게 지냈던 이틀간의 회상 세계가 한낱 그림자처럼, 무(無)처럼 사라져버렸다.

나는 할 수만 있다면 그녀의 이마, 눈, 뺨을 손으로 만져 그녀가 실재함을 확인해보고 싶었다. 밤낮으로 내 앞에 어른거리는 그녀의 환영이 아니라 참된 존재를, 나의 것은 아니지만 당연히 나의 것이어야 하고, 나의 것이고자 원하는 존재임을, 내가 내 몸처럼 믿을 수 있는 존재를, 나에게서 멀리 떨어져 있지만 나 자신보다 더 가까운 존재를, 그것이 없으면 나의 생명은 이미 생명이 아니고, 나의 죽음 또 한 죽음이 될 수 없으며 나의 슬픈 존재는 입김처럼 허공 속에 사라지고 말 그 존재를 나는 확인하고 싶었다.

이러한 내 생각과 시선이 그녀에게 쏟아 부어지자, 그 순간 내가 존재하는 축복이 완성되는 듯했다. 생의 축복으로 넘침이 느껴졌다. 전신에 한 줄기 전율이 흘렀다. 죽음을 머리에 떠올렸지만, 이미 죽음에는 어떤 공포심도 내포되어 있지 않았다. 왜냐하면 이 사랑은 죽음으로 파괴될 수 없을뿐더러, 오히려 죽음을 통해 정화되고 승화되어 불멸의 것으로 화할 것이기 때문이다.

말없이 그녀와 가만히 마주하는 시간은 실로 아름다웠다. 영혼의 깊이를 그대로 내비친 그녀의 얼굴을 쳐다보는 것만으로도 나는 그녀의 내면 깊이 감추어져 생동하는 모든 것을 다 알 수 있을 것 같았다. 그녀는 "당신 때문에 마음이 괴로워요."라고 마음으로는 말하면서 그 소리를 입 밖에 내지 않는 것 같았다.

'드디어 또 만났네? 부탁이야! 불평하지 말아줘! 원망도 하지 말고 따지지도 말아줘. 그냥 아무 말도 하지 말고 그저 반갑게 대해주면 안 될까?'

그녀의 눈이 말하고 있었다. 그렇게 한동안 우리는 이

행복한 평화를 감히 입을 열어 깰 엄두를 못 내고 있었다.

"주치의로부터 무슨 편지 못 받았어?"

이 질문이 그녀가 한 첫마디였다. 한 마디, 한 마디 말할 때마다 음성이 떨렸다.

"아니."

나는 대답했다.

그녀는 잠깐 입을 다물고 있다가 말했다.

"차라리 잘됐어. 내 입으로 직접 모두 말하는 편이 좋을 것 같아. 있잖아, 우리는 오늘로 마지막 만나는 거야. 우리 편안한 마음으로 작별하도록 해. 불평이나 분노 같은 것 없이 아무렇지도 않게 헤어지자. 내 잘못이 크다는 거 나도 알아. 악의 없이 분 미풍이라도 꽃잎을 지게 할 수 있다는 생각을 미처 깨닫지 못하고, 내가 너무 너의 생에 깊이 들어간 거야. 나는 세상을 너무 모르거든. 병마에 시달리는 나 같은 사람이 너에게서 동정심 그 이상의 것을 받으리라고는 생각하지 못했어. 그래서 스스럼없이 만나고 정을 나눴던 거야.

나는 너에게 다정하고 솔직하게 대했지. 왜냐하면 너를 그토록 오래 알고 지냈고, 또 네 곁에 있으면 아주 편안했으니까. 왜 이런 말까지 내가 모조리 하는지 모르겠네. 너를 사랑했으니까. 그렇지만 세상은 이 사랑을 이해하지 못하고 용납하지도 않았어. 의사 선생님께서 나를 눈뜨게 해주셨어. 저 수도에서는 온통 우리에 대해 공론이 자자하대. 영주인 내 동생이 후작님께 편지를 올렸고, 후작께서는 너를 다시는 만나지 말라고 요구하셨어. 너에게 이런 고통을 주게 되어 진심으로 미안해. 뉘우치고 있으니 나를 용서한다고 말해줘. 이제 그만 친구로서 헤어지는 거야."

그녀의 눈에는 눈물이 고여 있었다. 그녀는 눈물을 감추려고 눈을 감았다.

"마리아, 나의 삶은 오직 하나뿐이야. 너와 함께하는 삶뿐이라고. 나의 의지 역시 하나뿐이야. 그건 바로 너의 의지고. 그래, 맞아. 나는 너를 진심으로 사랑하고 있어.

내게 그럴 자격이 없다는 것도 잘 알아. 신분으로 보나 품위로 보나 순결한 면에서나 너는 나보다 훨씬 높은 곳에 있어. 너를 나의 아내라고 부른다는 생각은 감히 할 수도 없지. 그렇지만 우리가 세상을 함께 걸어갈 수 있는 그 밖의 다른 길은 없어.

마리아, 너는 전적으로 자유야. 나는 그런 희생을 요구하지 않아. 세평(世評)의 힘은 크지만 너의 뜻이 진정 그렇다면 우리 다시는 만나지 않을 거야. 그렇지만 네가 나를 사랑하고 있다면, 네가 나의 것이라고 느낀다면…….

오, 그렇다면 세상 사람들이랑 그들의 차가운 비평은 잊자. 나는 일생 동안 너를 품에 안고 가겠어. 죽든 살든 너의 것이 되겠다고 이렇게 무릎 꿇고 맹세할게."

"우리는 불가능한 것을 바라서는 안 돼. 우리가 사랑하는 남녀로 이승에서 사는 것이 신의 뜻이었다면, 신께서 왜 내게 이런 병고를 주시어 한낱 하릴없는 어린애 노릇밖에 못 하게 하셨겠어? 우리가 삶에서 운명이니 상황이니 사정이니 하고 부르는 것들은 알고 보면 섭리라는 점을 잊지 마. 그것을 거역하는 것은 곧 신을 거역하는 것이야. 그건 어리석은 짓은 아닐지 몰라도, 불경스럽다고 할 수 있을 거야.

인간들은 이 지상에서 하늘의 별처럼 떠돌아다녀. 신은 별들에게 궤도를 그려주셨지. 그 궤도 위에서 별들은 만나고, 헤어져야 할 운명이면 헤어져야 하는 거야. 거역한다 한들 소용없어. 아니면 그 거역이 온 세계 질서를 파괴하게 될 거야. 우리는 그 뜻을 이해할 수는 없지만 믿을 수는 있어.

하긴 너에 대한 나의 애정이 왜 옳지 않은 것인지를 나도 알 수 없어. 아니, 그것이 옳지 않다고 말할 수도 없고, 그렇게 말하고 싶지도 않아. 그렇지만 그럴 수는 없는 일이고, 그래서는 안 되는 거야. 친구여, 얘기를 다 했어. 우리는 겸허하게 믿으며 순리에 우리를 맡겨야 해."

그녀는 차분하게 말을 이어갔지만, 얼마나 깊이 괴로워하는지를 나는 알 수 있었다. 그렇기는 해도, 인생이 달린 싸움을 그토록 쉽게 포기하기는 억울하다는 생각이 들었다. 그래서 격정적인 말로 그녀의 고통을 더해주지 않으려고 한껏 나 자신을 다스리며 말했다.

"오늘이 우리가 이 세상에서 만나는 마지막 날이라면, 이 같은 희생이 누구를 위한 것인지 하나만 분명히 하자. 도대체 누구를 위해, 무엇을 위해 우리가 그런 희생을 해야 하는 거지? 만약 우리의 사랑이 어떤 높은 법칙을 어긴 것이라면 나도 당신처럼 겸허하게 받아들이겠어. 더 높은 뜻에 거역한다는 것은 신을 저버리는 일일 테니까.

인간은 때로는 신을 속일 수도, 자기의 작은 꾀로 신의 예지를 이겨낼 수도 있다고 생각할 때가 있지만 그건 망상이야. 이 같은 거인과의 싸움을 시작한 인간은 결국 멸망하고 말 거야.

그렇지만 우리의 사랑에 맞서고 있는 것이 대체 뭐야? 떠도는 소문 말고는 아무것도 없잖아. 나는 인간 사회의 법칙을 존중해. 지금 우리가 사는 시대처럼 법칙이라는 것이 그럴싸하게 변조되고 엉클어졌을망정 무릇 법칙이라는 것을 존중해. 병자에겐 인간이 만들어낸 약이 필요하지. 마찬가지로 우리가 경시하는 사회의 편견, 체면, 분수 같은 것이 없다면, 오늘날 인류를 공존시키는 지상에서의 공동생활이라는 목표도 이룩할 수 없을 거야.

우리는 이러한 우상들한테 많은 제물을 바쳐야 해. 옛날 아테네 시민들이 그랬던 것처럼 우리는 해마다 젊은 남녀를 한배 가득 실어 우리 사회의 미궁을 지배하는 저 괴물한테 공물로 바쳐야 하지. 세상에 상처를 입지 않은 심장은 하나도 없어. 참된 감정을 지닌 사람치고 사회라는 새장에 편안히 들어가기 전에 자신의 날개를 꺾이지 않은 자는 한 사람도 없을 거야. 그건 어쩔 도리가 없는 필연이지. 너는 세상을 잘 모르겠지만, 내 친구들의 얘기만 모아도 이런 비극은 수십 권으로 묶어도 모자랄 지경이야.

한 남자가 어떤 여자를 사랑했고 여자 또한 남자를 사랑하게 되었지. 그런데 그 친구는 가난했고, 여자 쪽은 부자였어. 그 때문에 양가의 부모와 친척들은 서로 모멸하며 싸움질을 했고, 결국 두 남녀의 심장은 상처를 입었지. 왠지 알아? 중국 비단이 아니라 미국산 목면 옷을 입은 부인은 불행하다고 세상 사람들이 생각하기 때문이었어.

또 있어. 한 친구도 어떤 소녀와 서로 사랑했는데 그 친구는 신교도였고 여자 쪽은 가톨릭이었지. 그 때문에 양가 어머니와 사제들이 불화를 일으켜 결국 두 남녀의 사랑은 깨지고 말았어. 왠지 알아? 300년 전에 카를 5세와 프란츠 1세 그리고 하인리히 8세가 벌인 정치적 장기놀음의 결과 때문에 죄 없는 남녀가 마음에 상처를 입어야 했던 거야.

또 있어. 한 남자가 한 여자를 사랑했어. 남자는 귀족이고 여자는 평민이었지. 양가의 자매들이 거품을 물고 반대를 하는 통에 두 남녀의 사랑은 상처를 입고 말았어. 왠지 알아? 100년 전 어느 전쟁터에서 한 병사가 위기에 처한 국왕의 생명을 구했고, 그 공로로 기사 칭호와 명예를 받았기 때문이지. 그런데 그 옛날 피를 흘린 대가를 오늘날 그의 종손이 인생을 망가뜨리며 치른 거야.

통계학자들은, 대략 한 시간에 한 명꼴로 마음에 상처를 입는다고 해. 내가 생각해도 그럴 것 같아. 왜 그렇게 많은 사람이 상처를 입는지 알아? 세상 어디에서나 결혼과 관련된 사랑 이외에는 남녀 간의 사랑을 인정하지 않기 때문이야. 두 여자가 한 남자를 사랑하는 경우, 한쪽 여인은 희생될 수밖에 없고 또 두 남자가 한 여자를 사랑한다면 한쪽, 아니면 두 남자 모두 희생을 치러야 하지.

왜 그럴까? 결혼을 염두에 두지 않고는 여자를 사랑할 수 없는 걸까? 아내로 만들겠다고 게걸스럽게 탐하지 않고는 여자를 쳐다볼 수도 없는 걸까? 당신이 눈을 감아버리는 걸 보니 내가 너무 지나치게 말을 한 모양이군.

어쨌든 내가 하고 싶은 말은, 항간에 떠도는 말들이 인생에서 가장 성스러운 것을 가장 천박한 것으로 만들어 버렸다는 거야.

그래, 마리아! 이걸로 충분해. 우리가 세상 안에 살며 세인들과 더불어 말을 하고 타협을 하려면 세상의 언어를 사용해야겠지. 그렇지만 저 소란스러운 바깥세상에 방해받지 않고 순수한 마음을 주고받을 수 있는 곳에서만큼은 신성한 마음의 언어를 써야 하지 않을까?

자기의 정당한 권리를 인식하고 용기를 내어 인습에 저항하려는 고귀한 영혼들의 이런 고독을 세상조차도 높이 볼 거야. 세상에 통용되는 예의나 겸손 혹은 편견 같은 것들은 담쟁이덩굴과 같은 것이지. 초록색 담쟁이덩굴이 줄기와 뿌리를 무수히 뻗어 견고한 성벽을 장식하는 것은 보기에 아름답지만 그것들을 너무 무성하게 버려두어서는 안 돼. 그러면 그것은 우리 마음 구조 틈서리마다 뻗어 들어가, 안에서 우리를 응집시키는 시멘트를 파괴할 테니까.

마리아, 내 것이 되어줘. 너의 마음이 시키는 대로 해줘. 이제 당신의 입술에 올릴 말이 너와 나의 삶을, 너와 나의 행복을 영원히 결정할 거야."

나는 입을 다물었다. 내 손 안에 쥐어진 그녀의 손이 뜨거운 마음의 악수에 응답하고 있었다. 그녀의 마음속에서 파도가 일고 폭풍이 치고 있었다. 그리고 층층이 쌓인 구름이 그 폭풍에 의해 걷히며 내 앞에 펼쳐지는 푸른 하늘은 지금 더할 수 없이 아름다워 보였다.

"왜 나를 사랑해?"

그녀는 결정을 내려야 하는 지금 이 순간을 조금이라도 미루려는 듯 나직한 소리로 물었다.

"왜냐고? 마리아! 어린아이에게 왜 태어났느냐고 물어봐. 꽃에 왜 피었냐고 물어봐. 태양에 왜 비추냐고 물어봐. 내가 너를 사랑하는 건 그럴 수밖에 없기 때문이야. 이 대답이 부족하다면, 네 옆에 놓인 이 책의 말로 대답을 대신할게."

가장 선한 것은 가장 사랑하는 것일 수밖에 없으니, 이 사랑에는 유용이나 무용, 이익이나 손해, 소득이나 상실, 명예나 불명예, 칭찬이나 비난, 그 밖의 이런 유의 것을 결코 염두에 두어서는 안 되느니라. 그보다는 진실로 가장 고귀하고 가장 선한 것은 그것이 오로지 고귀하고 선하다는 것 때문에 가장 사랑하는 것이 되어야 할지니라. 모름지기 인간은 외형으로부터 혹은 내면으로부터 그것을 향해 살도록 자신을 맞추어야 하느니라. 다시 말해 외형으로부터라 함은, 무릇 피조물 가운데에는 어떤 것이 다른 무엇보다 더 선한 것으로 존재함을 이름이니, 곧 영원한 선이 어떤 것 안에서는 다른 것 안에서보다 더 많거나 더 적게 빛을 발함을 말하는 것이니라. 따라서 영원한 선이 가장 크게 빛을 발하여 반짝이며 작용하여 알려져서 사랑을 받는 존재야말로 피조물 중에 가장 선한 것이며, 그 같은 작용이 가장 적은 존재가 어쩔 수 없이 가장 미천한 것인 셈이니라. 이렇듯 인간은 피조물을 상대하고 교제하면서 이 차이를 인정하기 때문에, 그에게는 항상 가장 선한 피조물이 가장 사랑스러운 것이며, 애써서 그것에 접하도록 하여 그 사람과 하나가 되기 위해 힘써야 한다.

마리아, 나는 내가 알고 있는 지구상의 피조물 중 가장 선한 사람이야. 그래서 나는 네게 호의를 베풀고, 당신을 사랑하는 거야. 아니, 우리는 서로 사랑하는 거야. 그러니 너의 가슴에 품고 있는 말을 솔직하게 얘기해줘. 너는 나의 것이라고 말해줘. 당신의 가장 깊은 가슴속에 깊이 담긴 너의 감정을 부정하지 말아줘.

신은 너에게 고통스러운 삶을 주셨지만 나를 너에게 보내 그 고통을 너와 나누도록 하셨어. 그러니 너의 아픔은 곧 나의 아픔이어야 해. 한 척의 배가 무거운 돛들을 감당하듯이, 우리는 그 고통을 같이 짊어져야 해. 그러면 비록 버겁겠지만 배는 폭풍을 헤치고 마침내 안전한 항구에 도달할 수 있는 거야."

그녀는 차츰 안정을 찾았다. 소리 없는 저녁노을처럼 그녀 빰에 홍조가 희미하게 서려 있었다. 그리고 그녀는 눈을 크게 떴다. 태양이 신비스러운 빛을 발하며 다시 한 번 뜬 것이었다.

"나는 너의 것이야."

그녀는 말했다.

"그것이 신의 뜻이라면……, 있는 그대로의 나를 받아줘. 내가 살아 있는 한, 나는 너의 것이야. 신은 우리가 하늘나라에서보다 아름다운 삶을 함께하길 바라며 나에 대한 너의 사랑을 칭찬하실 거야."

우리는 가슴과 가슴을 마주하고 포옹했다. 나의 입술은 지금 막 내 생의 축원을 읊은 그녀의 입술을 부드러운 키스로 덮었다. 시간은 우리를 위해 정지해 있었고, 주위 세계도 사라져버리고 우리 둘만 남은 듯했다. 그러나 그녀는 가슴에서 깊은 한숨을 토해냈다.

"아, 하느님, 나의 이 행복을 용서하소서."

그녀는 나직하게 중얼거렸다.

"이제 혼자 있게 해줘. 더는 견딜 수가 없어. 다음에 봐, 안녕. 나의 친구, 나의 사랑, 나의 구세주여!"

이것이 내가 그녀에게서 들은 마지막 말이었다. 아니, 마지막 편지가 더 있었다. 나는 집으로 돌아와 내 처지를 슬퍼하며 침대에 누웠다. 자정이 지났을 무렵 마리아의 주치의가 찾아왔다.

"우리의 천사가 마침내 천국으로 갔다네. 이건 그녀가 자네한테 보낸 마지막 인사일세."

그는 편지 한 통을 내게 내밀었다. 편지 속에는 옛날에 그녀가 내게 주었고, 내가 다시 그녀에게 돌려주었던 '신의 뜻대로'라는 말이 새겨진 반지가 들어 있었다. 반지는 낡은 종이에 싸여 있었는데, 거기에는 내가 어렸을 때 그녀에게 했던 말이 적혀 있었다.

"네 것은 모두 나의 것이야. 너의 마리아로부터."

한참 동안 의사와 나는 한마디 말도 없이 앉아 있었다. 그것은 우리가 짊어지기에 너무나 엄청난 고통의 짐이 닥칠 때 하늘이 보내는 일종의 정신적 기절 상태였을 것이다. 이윽고 늙은 의사는 일어서며 내 손을 잡고 말했다.

"우리가 만나는 것도 오늘로 마지막이겠군. 자네는 여기를 떠나야 할 몸이고, 나는 살날이 얼마 안 남았으니, 다만 자네한테 꼭 하고 싶은 말이 한 가지 있네. 내가 한평생 가슴속에 품고 아무한테도 털어놓지 않은 비밀이라네. 마리아한테는 꼭 고백하고 싶었는데……. 자네가 대신 들어주게. 우리 곁을 떠나간 그 영혼은 참으로 아름다웠지. 놀랍도록 순결한 정신, 깊고 진실한 마음의 소유자였지.

하지만 나는 마리아와 똑같은 영혼을 아니, 한결 더 아름다운 영혼을 알고 있지. 그 사람은 마리아의 어머니였다네. 나는 마리아의 어머니를 사랑했어. 그녀도 나를 사랑했지. 그런데 우린 둘 다 가난했고 그래서 나는 우리 둘을 위해 세상에서 말하는 존경할 만한 위치를 얻으려고 세파와 싸웠네.

그러던 중에 젊은 후작이 그녀를 사랑하게 되었지. 그 후작은 바로 내가 모시던 제후였고 나는 그녀를 진심으로 사랑했기에 그녀를 위해서라면 어떤 희생이라도 아깝지 않았어.

나는 가엾은 고아에 불과한 그녀를 후작 부인으로 만들기로 했지. 나는 그녀를 진심으로 사랑했기에 나의 행복쯤은 희생할 수 있다는 각오였던 거지. 그래서 나는 둘 사이의 모든 약속을 취소하자는 편지만 남기고 고향을 떠나버렸다네.

그 후 나는 그녀를 한 번도 만나지 않았고 다시 그녀를 만난 것은 그녀의 임종 침상에서였지. 아기를 낳다가 죽고 만 거야.

이제 알겠나. 왜 내가 마리아를 사랑하며, 그녀의 삶을 하루라도 연장하려고 애썼는지? 그녀는 내 마음을 이 세상에 묶어놓고 있는 유일한 존재였다네. 자네도 나처럼 잘 견디며 살아가길 바라네. 공허한 슬픔으로 하루하루를 허송하지 말게. 자네가 할 수 있는 한 사람들을 돕고 사랑하며 살게. 이 세상에서 마리아와 같은 성품의 인간을 만나 알고 지냈으며 사랑했던 사실을 신에게 감사하게. 또 그녀를 잃은 것까지도."

"신의 뜻대로 하겠습니다."

나는 대답했다. 우리는 그렇게 작별 인사를 나누었다.

그 후 며칠이 지나고 몇 주일, 몇 달, 몇 년이 흘렀다. 그러는 동안 내게 고향은 타향이 되었고, 타향이 고향이 되었다. 하지만 그녀에 대한 나의 사랑은 그대로 남아 있었다.

한 방울의 눈물이 큰 바다에 떨어지듯이 그녀에 대한 나의 사랑은 이제 삶의 바다에 떨어져 수백만의 삶에 스며들어 그들을 감쌌다. 어린 시절부터 내가 사랑했던 몇 백만의 '타인'을.

다만 오늘처럼 조용한 일요일에는, 홀로 푸른 숲속에 들어가 자연의 품에 안겨 있으면 저 바깥에 인간들이 있는지, 아니면 이 세상에 오로지 나 혼자 외톨이로 살고 있는지 알 수 없는 상태에 이르면, 기억의 묘지에서는 소생의 바람이 일기 시작한다. 온갖 생각들이 되살아나고, 나의 사랑이 마음속으로 되돌아와, 지금까지도 그윽하고 바닥을 알 수 없는 눈으로 나를 바라보는 저 아름다운 존재를 향해 나를 이끈다. 그러면 몇백만을 향한 나의 사랑은 오직 한 사람, 나의 수호천사를 향한 사랑으로 변하고 만다. 그리하여 이 모든 생각들은 이 끝도 없는 사랑의 불가사의한 수수께끼 앞에서 굳게 입을 다물게 되는 것이다.

작품 해설

순수하고 아련한 두 남녀의 사랑 이야기를 진중하게 담아낸 『독일인의 사랑』은 19세기 독일 출신의 철학자이자 언어학자인 프리드리히 막스 뮐러의 작품이다. 그는 오직 이 작품을 제외하고는 모두 자신의 전공과 관련된 전문서적만을 발표하였다. 그래서 작품을 관통한 서정적인 문체와 깊이 있는 감정을 묘사하는 대목을 볼 때면 소설가가 아닌 사람이 썼다는 점이 믿을 수 없을 만큼 놀랍다.

소설 작품이 단지 하나였기 때문에 작가로서의 막스 뮐러는 독일 문학사에서 그의 아버지 빌헬름 뮐러를 능가하지는 못했다. 하지만 문학사보다는 오히려 언어학사에서 차지하는 비중으로 볼 때 그는 괄목할 만한 업적을 남겼다. 라이프치히 대학에서 언어학을 공부한 뒤, 영국으로 귀화하여 옥스퍼드대학에서 언어학 교수로 재직했고, 이때 그는 『리그베다』를 비롯하여 동양고전에 관한 방대한 연구서와 『종교의 기원과 생성』, 『신비주의학』 등 다방면의 저서를 남겼다.

그래서 우리는 작가 막스 뮐러에게 단 하나의 의문을 가지게 된다. 어떻게 학자로서 명성이 높았던 그가 오늘날 낭만적 사랑의 지침서로 평가되고 있는 『독일인의 사랑』을 남기게 되었을까?

이 작품이 씌어진 1850년대의 독일 문학은 노발리스의 『파란꽃』으로 대표되는 낭만주의 시대가 끝나고 관념적인 이상주의에서 벗어나 현실을 직시하는 사실주의 시대로 접어든 시기였다. 이러한 때에 그가 낭만적 정서로 가득한 작품을 쓸 수 있었던 것은 낭만파 시인이었던 아버지의 영향도 컸지만, 그의 부인이었던 조지나 애들레이드와의 운명적인 사랑이 더 중요하게 작용했다.

옥스퍼드 대학에서 언어학 교수로 재직 중이던 막스 뮐러의 나이는 서른이었다. 그는 당시 우연히 만난 19세의 영국 소녀 애들레이드에게 사랑을 느끼게 되었다. 그러나 부유한 가문 출신이었던 애들레이드를 향한 그의 사랑은 순탄하지 않았다. 나이, 신분, 국적, 종교라는 여러 가지 벽에 부딪혀 그의 청혼은 번번이 거절당했다.

그러나 그의 지고지순한 사랑은 결국 1859년에 그녀

의 아버지로부터 결혼 승낙을 얻어 결실을 이루게 되지만, 실연의 아픔을 겪는 동안 그가 느꼈던 사랑에 대한 수많은 생각은 『독일인의 사랑』을 쓰게 하는 원동력이 되었다.

『독일인의 사랑』은 사랑을 담은 여타의 소설들과는 다른 특징을 갖고 있다. 눈길을 사로잡을 만한 어떤 사건도, 등장인물들을 비극으로 치닫게 할 어떤 갈등도 소설에서는 존재하지 않는다. 일인칭 주인공인 '나'가 '마리아'라는 대상과의 만남과 사랑을 중심으로 회상하는 것이 사건의 전부다. 이 회상에는 이렇다 할 갈등이나 작가의 의도로 배치되는 시간의 역행은 가미되지 않는다. 오로지 '나'의 과거를 연대기적으로, 어떻게 보면 심심할 정도로 단순하게 전개할 뿐이다. 그러나 두 남녀 주인공을 통해 드러내고 있는 사랑에 대한 성찰은 결코 단순하지 않다. 작품을 관통하는 큰 줄기는 사랑의 본질에 대해 정의를 내리고 있는 셈인 것이다.

막스 뮐러는 『독일인의 사랑』을 통해 나이, 신분, 빈부를 초월해 오직 순수한 사랑을 담으려고 했다. 그리고 남녀 간의 사랑뿐만 아니라 두 주인공이 나누는 대화 속에서 종교, 철학, 문학적인 관점에서 바라보는 '사랑'의 의미까지 담으려고 했다.

'태양 빛이 없으면 한 송이 꽃도 피지 못하듯, 사랑이 없으면 인간은 살아갈 수가 없다'라는 소설 속의 문구처럼 인간의 감성이 가진 본질을 탐구하며 사랑의 의미를 되새기게 한다. 이 소설은 사랑의 가치가 퇴색되어가는 각박한 시대를 살아가는 우리에게 깊은 울림을 주는 오아시스 같은 작품으로 기억되기를 희망한다.

작가 연보

1823년 12월 6일 독일의 데사우에서 저명한 낭만파 시인이었던 빌헬름 뮐러와 아델하이드 사이에서 둘째 아들로 출생.

1841년 데사우에서 감나지움 교육과정을 마친 뒤, 라이프치히 대학에서 문헌학과 철학을 전공함.

1843년 「스피노자의 윤리학에 대한 연구」 논문으로 박사 학위를 받음. 그리스어, 라틴어, 특히 고대 인도의 문화와 언어에 깊은 관심을 가지게 됨.

1844년 인도 우화집 『히토파데사』를 독일어로 번역하여 라이프치히에서 출간함. 베를린 대학의 철학 교수인 프리드리히 빌헬름 요제프 셸링에게 사사 받기 위해 베를린으로 거처를 옮김. 그곳에서 독일의 언어학자인 프란츠 보프를 만났고, 그의 지도하에 산스크리스트어와 비교언어학 연구를 지속함.

1845년 인도·게르만어의 권위자인 뷔르누프에게 가르침을 받기 위해 프랑스 파리로 건너감. 뷔르누프는 영국의 동인도 회사에서 수집한 인도경전 『리그베다』의 사본을 번역할 것을 제안하였고, 그는 이 번역 작업의 완성을 위하여 영국으로 이주함. 이후 1849년부터 1873년에 걸쳐 『리그베다』 전6권을 영어로 번역 출간함.

1847년 5세기경에 활동한 인도의 시인이자 극작가였던 칼리다사가 산스크리스트어로 쓴 서정시 『메가두타』를 독일어로 번역 출간함.

1850년 옥스퍼드 대학에 강의 교수로 초빙되어 문학사, 비교 문학 등을 강의함.

1853년 당시 열아홉 살이었던 영국 소녀, 조지나 애들레이드를 보고 첫눈에 반해 사랑에 빠지게 됨.

1856년 영국에서 가장 오래된 옥스퍼드 대학의 보들리언 도서관의 오리엔탈 부서의 사서로 근무함. 그리고 그의 유일한 소설 작품인 「독일인의 사랑」을 집필함.

1857년 『독일인의 사랑』을 독일의 라이프치히 브로크하우스 출판사에서 작가 미상으로 출간함.

1858년 옥스퍼드 대학에서 명예 학위를 받았으며, 올 소울즈 칼리지의 평생회원이 됨.

1959년 조지나 애들레이드와 결혼함. 『산스크리스트 문학의 역사』 제1권을 영국에서 출간함.

1868년 옥스퍼드 대학에 신설된 비종교학과의 초대 정교수로 임명됨.

1872년 프랑스 스트라스부르 대학의 교환 교수로 감.

1875년 스트라스부르 대학의 교수직을 사임하고 『동방 성전』 편집에 참여함. 이 시리즈는 총 50권으로 구성되어 있고 힌두교, 불교, 조로아스터교, 이슬람교, 중국의 경전들이 포함되어 있으나 그가 세상을 떠날 때까지 당초에 계획했던 세 권의 책을 다 출판하지 못하고 마침.

1876년 첫째 딸 아다가 뇌막염에 걸려 16세의 나이로 세상을 떠남. 딸을 잃은 슬픔에 잠긴 그는 이듬해 가을 가족들과 함께 영국으로 돌아감.

1877년 그의 부인 애들레이드에 의해 『독일인의 사랑』을 영어로 번역 출간함.

1878년 『종교의 기원과 생성』을 런던에서 출간함.

1892년 『신비주의학』을 런던에서 출간함.

1896년 추밀원의 회원으로 추대됨.

1898년 건강이 급격히 나빠지기 시작함. 그러나 이듬해

『인도 6과 철학』을 출간하는 등 학문에 대한 식지 않은 열정을 보여줌.

1900년 10월 28일 일흔일곱의 나이로 옥스퍼드에서 생을 마감함.